山河故人

赵宗彪 著

浙江人民出版社

自序

重返故乡

一

怀念故乡，是因为我们离开了故乡。

故乡是少年时迫切希望逃离，青年时不愿主动提起，中年时频频回望，老年时最想回去的地方。对故乡的了解，是在离开之后。故乡有我们最早的人生记忆，是我们性格与人格形成的地方。离开故乡到城市生活几十年，在故乡的时间越来越少。常常是，最想了解故乡的时候，祖辈、父辈都已逐渐逝去。好在记忆的硬盘深处，依然顽固地留存着故乡的人和事，或清晰，或模糊。

二

我的故乡在浙东的天台山。这是古越人的故土。崖壁上无人可识的文字、悬棺葬的遗存、巫风的流绪，至今依然可见。这里是佛宗道源之地，也是浙东唐诗之路的目的地。徐霞客出游的第一站，即是天台山。天台山水神秀，《山海经》里的许多故事，在这里都似乎有迹可循。

我的祖上是南宋时代的移民，他们从河南开封来到这里。这片八山半水分半田的地方，相比于中原大地，并无更好的农耕条件，但是，这里群山连绵、相对闭塞的环境，可以远离北方的烽烟。据家谱记载，来到天台的第一代始祖是宋太宗赵匡义的六世孙赵士伃兄弟俩。这些南宋的皇族后裔在这里落地、生根、开枝、散叶，不断地繁衍生息。赵氏在天台的子孙，我是第二十七代。故乡是祖先流浪的终点，也是我生命的起点。

祖上生活的地方叫赵宅村，是个山清水秀的江南村落，在天台的西部。村落有始丰溪的支流杨家溪与雷马溪围护，西靠着气势磅礴的方山，边上就是烟波浩渺的寒山湖。始丰溪日夜奔流，最终注入东海。离家不远处，就是唐代诗僧寒山隐居七十年的寒山洞。

赵宅的村名，在20世纪50年代的人民公社时期，因并入叶宅大队而消失。除了老一辈，许多人不知道有过这个村名。叶宅是个大村，现在有一千五百多人。姓赵的村民只有一百多人，不到十分之一。

1981年夏天，我十七岁，离开故乡。我是改革开放后村里第一个考上大学的。

三

我的姓名是按照辈分起的，带着历史的痕迹。

我少小离家，对故乡依然抱有深厚的感情。到我儿子这一辈，对祖辈生活过的这片土地，已没有多少了解和留恋。毕竟他在那里度过的天数，屈指可数。自他上大学后，回老家的次数更少。

我写故乡、画故乡，一是向那片土地——天台山献出一片敬意，亦是对逝去的祖父母和父母的怀念，是向遥远的祖先祭奠。二是希望我的儿子，能够了解祖上的生活，了解他的太祖父母、祖父母、伯伯、叔叔、姑姑和其他亲戚长辈们过往的生活，加深对这片土地的情感，让他在血脉之外，对天地、自然、乡土、村庄、人世和亲情有更深的了解，能够找到自己的根。尽管不是出生在天台，但天台依然是他的祖籍和故乡。罗马哲学家西塞罗说过，一个人如果不了解自己出生前的事情，就等于永远没有长大。三是借着回忆，让自己来一次精神上的回乡。

从少年起，我就离开了祖辈生活过的这个村庄，从一个城市到另一个城市，上学、工作、生活并定居。我现在城市生活的一切，都有童年和少年的影子。故乡，是一个人心灵的王国。故乡天台山，是我的出生地和成长地，也是我灵魂栖息的地方。回首故乡，可以安抚自己躁动与喧哗的灵魂。

去年六月，因为刻木受伤，我的右手腕做了手术。手术后，我住在钱塘江畔的家中休养一个多月，这让我有时间静下心来，回顾来时的路。

四

我的写作以赵宅村为原点展开。赵宅村，是浙东的一个山村，也是我的文学原乡。并村之后，它成为历史上的地理名词，已很少被人提及。写作的过程，就是我对原乡找寻的过程。

这是一部非虚构作品，写的是一个村庄的琐碎日常，没有宏大叙事，但我想，每一个宏阔的世界，都是由一个个幽微的个体支撑起来的。我试图以“作家地理”的手法，重现昔时浙东山村的自然生活图卷和江南乡间的传统生活方式。

在城市化不断推进的过程中，有些风俗、风貌、风物，已经渐渐消逝，传统的乡村秩序与规则在失守，乡村的脉象也越来越复杂。有些村庄在沦陷，有些则在重生。在中国，城乡的界限泾渭分明，作为一个在山村出生、长大，在城市工作、定居的人，我与城市、与山村都有某种割裂，也有更多联结。

我希望我的文字和图画，能够尽可能地还原出少年时的故乡——它在浙东，北纬29度，赵宅村。

五

我有两个家：老家天台，新家杭州。前一个的城市符号是山，后一个的城市符号是水。如果说山脚下的那个村庄，代表的是中国南方农村的传统乡土文化，那么钱塘江畔的“莲花碗”和灯光秀，代表的就是中国富裕地带的现代城市文明。在写作中，我常常审视并思考当代乡村在历史变革和文化变革中的嬗变——在城市文明对乡村文化的冲击下，乡土之于中国，究竟是一个怎样的历史命题？城乡的差距是在拉长还是缩短？老去的村庄如何焕发生机？谁来填补空心的乡村？

我在江南岸璀璨的灯火映照下，完成了这本书的写作。千百年来，晴耕雨读、归隐田园始终是中国人心底的理想生活，那么人间的烟火，可否在乡土与城市间自由地切换？城市的光亮，可否更多地辉映中国的乡村？就像无数条的溪水汇流成窗前这条壮阔的钱塘江，江水浩浩荡荡、义无反顾地奔向东海，由海水蒸腾成的雨水，又重新滋润着山川大地。几十年来，农村为城市的发展贡献了所有。在当下中国，城市理应更多地反哺乡村。希望更多的人能够关注中国广袤而沉默的乡村，关注到几代人的挣扎与努力，希望看似宏大实则与我们息息相关的乡村振兴，能够在故乡大地的一个又一个村庄中落地。每一个故乡，都是真实的中国。

六

搬进新家已五年，在这里，我完成了木刻作品集《木上江南》和以赵宅村为样本的非虚构作品《山河故人》的写作。

新家的这一头，是浙东唐诗之路的起点杭州西兴古渡口，“烟波尽处一点白，应是西陵古驿台”。老家的那一头，是浙东唐诗之路的终点天台山，“龙楼凤阙不肯住，飞腾直欲天台去”。在完成本书的最后一幅插图时，杭台高铁刚好开通。从钱塘江畔到天台山，风走了八千里，而高铁，不过一小时。

二〇二二年初春于杭州

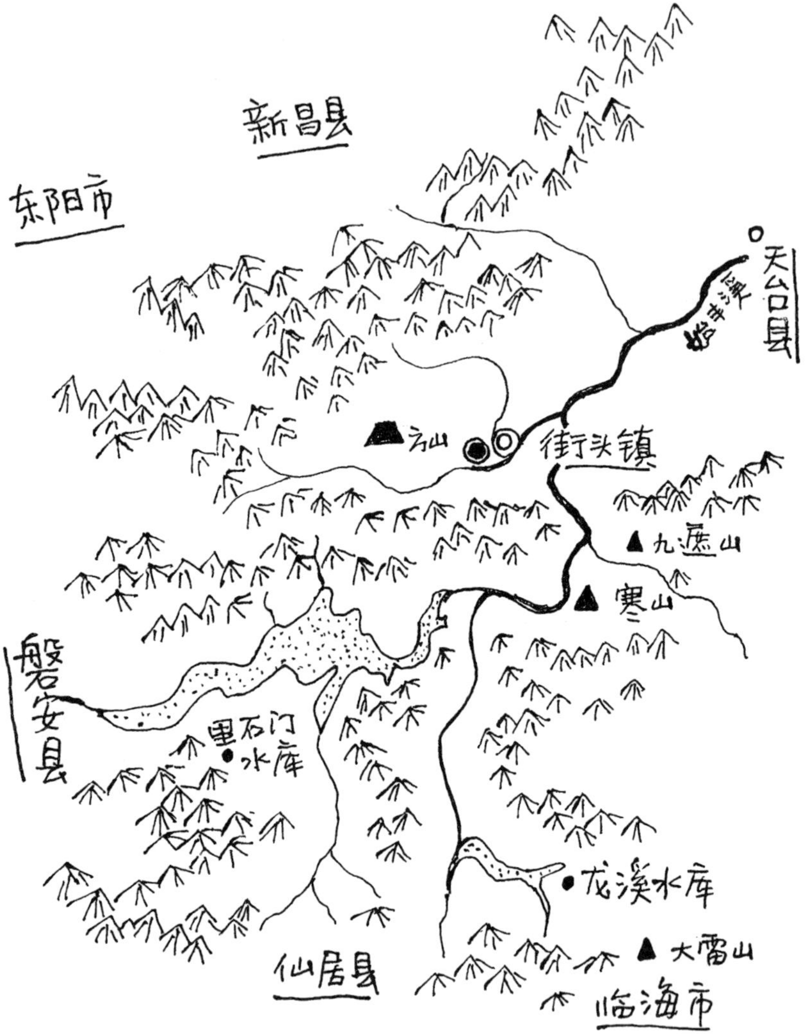
新昌县
东阳市
天台县
始丰溪
方山
街头镇
九遮山
寒山
磐安县
里石门水库
龙溪水库
大雷山
仙居县
临海市

目 录

壹 地理志

贰　人物志

叁　风土志

肆　田野志

伍　少年志

㊀ 地理志

风水宝地

村民们都说，赵宅风水好。至于好在哪儿，每个村民都有自己的说法。

村民们相信，好的风水会让自己与子孙荣华富贵、福寿安康。特别是有钱有地位的人，为福寿绵长，私下里都会请懂风水的人来勘察家中风水。

风水先生的地位比算命先生高，开价更高，视力也好。毕竟要望风水，近视当然不行。

舅公有文化，懂风水这一套，朱雀玄武、青龙白虎、前水后靠什么的，他都讲得来，但不相信。他的理论是：中国古代的帝王们，都将自己的墓地选得最好，可是，有哪一朝代的皇家子孙永享富贵？王朝短的十几年，长的也不过几十年、几百年。更惨的如朱元璋的子孙，基本上都被杀光了。

有一个迷信风水的人，在看风水上花了许多钱，还将父母安葬多年的坟迁移到所谓的宝地上，结果家境没有改变，子女也不成器，并无翻身的迹象。别人的结论是，要么是风水先生水平差，要么那个墓地确实是好风水，只是他们家无福消受。

舅公给我讲过许多精彩的风水故事。

王五与徐六是同村人，都喜欢看风水，也相信风水。

王五看中了一块风水宝地，自带罗盘看了很多遍，又找来懂风水的朋友反复论证，确认是五百里内最好的寿域。他非常兴奋，在请风水朋友喝酒后，得意忘形地同村民说，准备让父母亲过世后安葬于此，以利子孙富贵发达。

同村的徐六听到了，跳起两尺半高，找王五论理：这是我早几年就看中的，是徐家的。并且找来了当时一起商量过的朋友作证。王五大惊，一拍桌子，跳起来有三尺高。

双方为了子孙万代的遥远利益各不相让。村干部调解多次，无果。一者都是本村人，非亲即故。二是双方都表明自己是最早发现的，且都有人证物证。

后来，请了一个处事高手出马。他听完两派的意见后，召集王五、徐六等人，宣布：王家与徐家，谁的父母先死，风水宝地即归谁家！

纠纷瞬息终止。

方山

故乡是山区，从我的老家，向南、向西、向北看，三面都是山。现在觉得“远山长，云山乱，晓山青”是诗意，小时候走亲戚，却觉得山路弯弯，老也走不完。向东，是始丰溪的冲积平原，一片沃土，中间丘陵起伏，西高东低。溪岸两旁，是村庄、房屋、树林、田野，如画卷长轴，一路铺陈。春分一到，桃花红、梨花白、杏花粉，煞是好看。雨后，云雾和水汽从山间、田间蒸腾而起，如神仙之地。这一片沃土向东一直延伸二十公里，就到了赤城山。我第一次到赤城山，是在小学二年级。

家边上最高的山，是西边的方山。这是一座有六七千万年山龄的火山。当时的天台一带，是一片沼泽，生活着各式各样的恐龙。但在一次火山爆发中，这些曾经的地球霸主，全部被火山灰掩埋。这座喷发岩浆的火山，就变成了现在的方山。

方山事实上是圆锥形，山顶因为火山岩浆的冷却，

加上千百万年草木残骸的积累，呈方正的矩形，状如覆斗，理所当然地被叫作方山。我小时候读《西游记》《封神演义》《水浒传》，常把小说中的场景想象成是发生在方山的另一边。

现在的方山，山坡上布满了巨大的球状黑色玄武岩，这是来自地球深处的岩浆冷凝而成的。老人们却说，这是神仙挑来的黑炭。20世纪80年代以来，不断有大量的恐龙化石被无意中挖出，其中还有不少的恐龙蛋化石。现在天台博物馆里的巨大恐龙化石骨架，就是从这里出土的。

方山顶上有一个胡公庙，纪念的是宋代的清官胡则。台州目前尚存的胡公庙还有十来个，方山香火最盛、规模最大。胡则是永康人，为什么他的庙会建在天台？原来胡则为官时，有一个关系很好的季姓同事，老家即在方山南边的村里，他向胡则介绍故乡的方山，相约同游。方山尚未游而胡则去世，老季就在山上为老朋友建了一个庙，让他永驻此山。几百年来，庙里的香火一直很旺。村民们有搞不定的事情，都要到山上求胡公大帝。我的祖母、母亲和两个姐姐，都去山上许过愿。都说“老佛外地灵”，但对国清寺的老佛和方山顶上的老佛，村民一致觉得，比外地的要灵。

小时候上山，山顶上有上百株巨大的柏树，树龄有数百年甚至上千年，要三四个人才能合抱。可惜的是，这些柏树，在20世纪90年代时，基本上都被砍光了。90年代，一次回老家，我和妻子开车陪同父亲上了方山。山上有一株被天雷劈倒的古柏，树身大如车轮，断枝也比藕节大。妻子说，可用断枝做个镇纸。我当即向山顶的胡公庙住客借来一把锯子，和父亲一起，锯下一节断枝。回去后，用了几天时间，细细打磨，做了一根柏木镇纸。现在书房里有两样物件跟方山有关，一是恐龙蛋化石，二是柏木镇纸。它们跟着我，从天台到临海，到椒江，现在又到了杭州。

从方山顶上东望，是开阔的冲积平原，如果天气晴好，还可以看到二十公里外红色的赤城山。

里石门水库

里石门水库的得名是因为村名，这是天台最大的水库，总库容为两亿立方米，集雨面积约三百平方公里，湖面是杭州西湖的六倍。因为唐代诗僧寒山长期隐居于此，又叫寒山湖。

水库是1973年开建的。大坝开始建造的时候，库区就开始陆续移民。水库造好蓄水后，十几个村庄就沉没于水底。

我们村里有十八户移民，来自二十里外花墙公社的田芯村。田芯村与东阳县（现在属磐安县）交界，方言稍有不同。舅公所在的小溪王村也在移民之列，而且是移到更远的地方。我家的亲戚有一半是移民，祖母和父母因此对移民特别友善。一户移民出于信任，将家里的箱笼物品都搬到我家安放了一年多。他们的临时居住点，是村里的集体屋，比较挤，人也多。

为安置移民，村里将赵宅栗园里的栗树全部砍掉，作为新屋的地基。不到一年，房子造好，是一排排的大寨屋，各户移民全部都搬进去了。新屋是全村解放后造得最好的住宅。

这个栗园，有着我深刻的记忆。因为大舅舅的追悼会就在栗园里召开，并且在晚上。那晚喇叭很响，黑影凌乱。大舅舅是建设水库的一万六千个民工之一。在炸岩中，大舅舅为检查哑炮，不幸被炸死。大舅舅走后，政府将他已满十八岁的大女儿，也就是我的表姐招了工，在水库的管理局工作，是继承遗志，也算是一种补偿。

移民中的小孩，都插班到村里的各个年级。刚开始，因口音不同，与本村的小孩有点隔阂，不久后，也都与本地同学打成一片了。

当年库区共移民1086户，计4483人，涉及17个自然村。到如今，已有近五十年。日久他乡即故乡，现在移民同原村民不一样的，只有他们不变的姓氏了。

牛游塘水库

冬天的时候，农事结束了，人也闲下来。天气冷了，人们准备过年，即使是生产队出工，也没有以前那么严格。于是，各种带有娱乐性质的劳动就会被想出来。

村里最大的牛游塘水库，在村北的山脚下，离最近的村民家，尚有两里路。那里的堤坝，是村民人人出力，用竹箕一担担挑出来的。里面的鱼苗，也是村里买来放的。平时没人管理，小孩子拿根竹竿去做姜太公，也不会有人干预，只是成年人不能钓。过年了，本来水位就低，于是向县里最大的水库管理站借来渔网，拉了两网，将里面的鱼全捞上来了，也不过几千斤。

捞鱼的快乐，不在于收获，而在于它近乎是村里的节日。小孩子、青壮年，基本上都到场了。大家齐刷刷地站在水库岸上，顶着寒风，看几个勇敢的年轻人，赤脚行走在泥泞的水边，小心地拉网。

待拉网结束，水里还有鱼在跳跃，许多小青年就脱

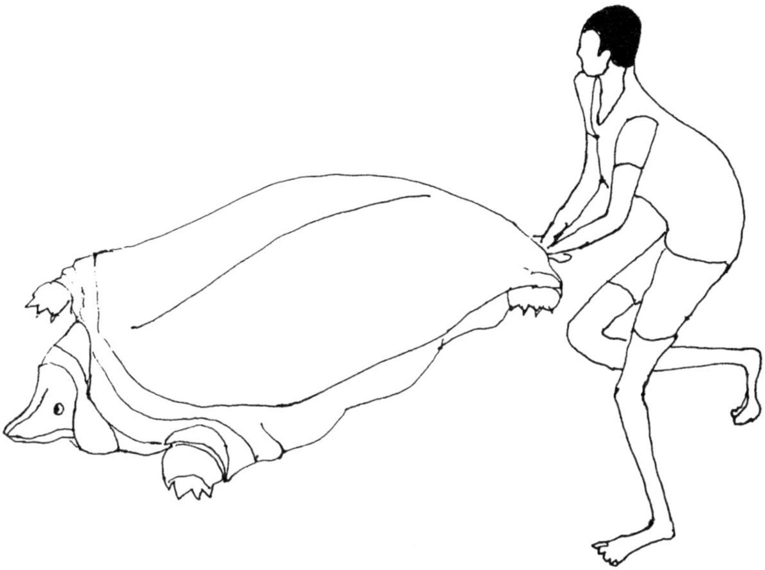

下鞋子，下水徒手捉鱼了。因为水库放水的启闭器不在库底，所以积水还是深的，大家只能在水岸上用撩斗去捞。有些老手，则不一定下水，只是赤着脚，在泥岸上的泥中仔细地踩，用脚底来捉鳖，居然每次都有成功者。

捉鳖人小心地停下，弯下腰，双手伸到水里，不一会儿，两手就会捧出一只大鳖：灰黑色的背，白色的肚子，短而骚动的四肢，不断转动的尖而凶的头。捉鳖人如捧奖章一般地举过头顶，接受众人的欢呼。

然后，一些蠢蠢欲动的人，也纷纷脱鞋下水。

没有下水的人，则来围观网捞的鱼，它们大大小小，形状不一。这些鱼，就在大坝上被现场卖掉，价格比市价略低，只限于本村人，也算是一种福利。公社干部如果要买，则和村民同价。

水库的鱼放水捉完了，村里的几口池塘，也会在春节前用水车车干。一场捉鱼大戏，又会上演。车干池塘的水主要是为了挖塘泥。只是，池塘的鱼没有主顾，而且又是在塘水被车干后才捉，因此出现捉鳖尖叫的机会更多。一种尖叫是欢呼，还有一种尖叫是被鳖咬到了。

一种传说是，被鳖咬到了，只有打雷了它才会松口。事实上，只要用尖锐物刺鳖腹甲，它立马就松口了。

赵宅村的南边两里处，自西向东流淌着一条雷马溪。村东面一里处，有一条自北向南流的杨家溪，在镇西汇入雷马溪，蜿蜒于镇南三里后，与始丰溪在埠头合流。明朝以来，这里是水陆码头。抗日战争时期，货运不断。上游里石门水库建成后，航运消失。始丰溪流经龙溪、街头、新中、平桥、山河、丽泽、城关、坦头，在滩岭乡下湾村出天台县境，入临海市，于三江村与永安溪汇合后称灵江。灵江与永宁溪汇合后称椒江，尔后入于东海。

当时，山民有货，小宗的都是肩挑背扛运下山，大宗的，如树与毛竹等都是走水路，通过船只或竹排，运到镇上或县城出售，最远到达台州府西门的朱方涂。

现在的始丰溪，因为各个支流上不断截坝蓄水、围垦造田，上游已根本无法载动小船了。当年两岸的成片芦苇，现在也只存在于老照片之中。

20世纪80年代，中国曾掀起一股漂流长江、黄河的热潮，有一个叫饶茂书的四川青年教师，还因此送了命。尽管当时通信不发达，但这些热血青年的事迹，却给了我极大的鼓舞。我那时已大学毕业，分配到地区文联工作，看了这些事迹后决定去漂流。到哪里漂呢？就从天台的母亲河始丰溪开始漂吧！我找来汽车内胎为皮筏，与大学师兄陈中健一起，从天台始丰溪开始，漂完了浙江第三大河——椒江。

这次为期七天的冒险，白天水上漂，晚上睡路廊，一路上两人都非常高兴，最后以晒成黑人、安全归来结束。事实上，我根本不会游泳。师兄会一点，也仅能自保。

雷马溪的上游两岸，以前有好几家制作皮纸的作坊，做纸的原料，就是莽莽群山中随处可见的树皮和藤条。只是现在已没有了痕迹。

村民们常去游泳的地方，一是村南的雷马溪，它在山脚的拐弯处形成一个深潭。二是溪边大坝外侧的机井，叫大井，深达十多米，口宽二十多米，是最热闹的泳池。旁边有一间机房，天旱时，机房里的柴油机会轰然作响，将井水扬到水渠上，保证水稻的灌溉。大井水质一直清澈。这里的水，只有深浅，从未干涸。

我们村去雷马溪对岸的下畈村，要过一座简易木桥，木桥有四五节长，每节三四米，用四株杉木或松木钉成。大水来时，要先把它们全部拆掉，水退后再架。当时报纸上在宣传一个知青，他为了捞被洪水冲走的一根木头而光荣牺牲。一个出身好的农民不以为然地说：人命总还是比木头值钱吧？

杨家溪

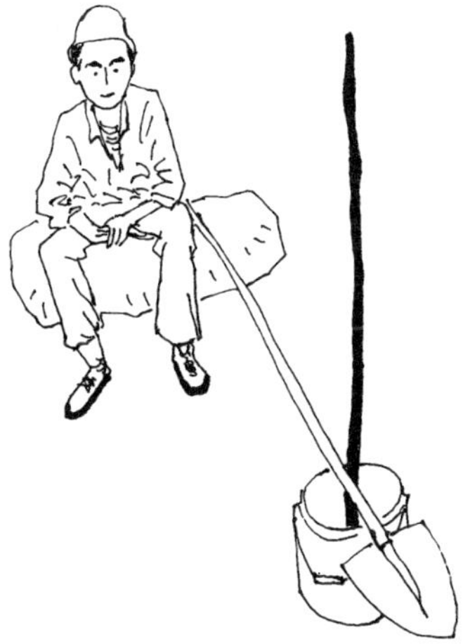

天台多山也多水。我家所在的村，就有数条溪流，从村头流到村尾，一年到头，从不干涸。

村东的杨家溪，溪全长十多里，起点为街头镇三明村，途经七个村后，最终与雷马溪汇合。

杨家溪边马路侧，住着施工队。施工队是指浙江省水电工程局二处施工队，当年为了建造里石门水库，他们从杭州移师天台，驻扎在街头镇区的杨家溪边。他们的住宅，都是红砖砌成的套房，红艳艳地耀眼，外面没粉刷，但里面居然有白瓷的蹲坑卫生间——他们单独建了水塔，有自来水可冲。以现在的眼光看，最差的商品房标准也比它高。但在当时，这是全县最好的住宅。他们有三四十户，却带动了物价的提高。我们捉了大鳖、钓了大鱼什么的，要想卖钱，第一个反应，就是直奔施工队的驻地。集市日，施工队驻地的外面，自然地形成了一个小市场，鸡、鸭、蛋、豆腐皮等贵重的东西，都会在那边出现，而且质量更好，价格更贵。在农民的眼里，施工队里，人人都是富翁。

施工队的人确实有钱，他们每月都有工资，可以买大半只猪，相当于当地农民一家一年的纯收入。他们的衣衫，几乎都没有补丁；左边的上衣口袋上，还印着“安全生产”四个魏碑体的白字，显示着工人阶级的特征。从衣着、气质、语言等方面，都可以非常明显地将他们分辨出来。按照“损有余而补不足”的天道，当地农民都是一货两价，卖给施工队的东西就是贵。

后来，他们与当地人混熟了，大宗的东西，就让当地朋友代买，以免当冤大头。后来我读茅盾的《子夜》，才晓得这些当地人即可叫“买办”。相对于穷人而言，施工队更容易说话，也不斤斤计较。

我当年也曾向他们卖过钓来的大黄鳝，价格相比于市场，要高三分之一。我没有秤，他们大体估个斤两就出个价。与他们打交道的经历让我相信，富裕之人，更好说话。

他们也有小孩，但同我们混不到一起。彼此都非常提防。

直到上高中，我才第一次直接接触到他们。班里有男女同学王、张各一名，父母是施工队的人。与他俩交往，发现他们更单纯更容易相处。事实上，他们的父母，也只是普通的职工。

苦难给予人的，不可能是文明。

水井

感谢上苍，让我降生于雨水丰沛的江南。这个想法，并不是在小时候产生的，而是等我成年之后，走进西北的一些地方，听他们讲如何在二三百米深的地下掘井取水，而且水质不佳时，才生出的感叹。有对比，既有伤害，也有庆幸。人生于世，如种子飘落大地，着于何处，由自己把握的机会，并不会太多。

在童年和少年时代，觉得从水井取水，是天经地义之事。

以家里的厨房为中心，外面有三口水井，都不足百米。所有的水井，井圈都用整块巨石打成。

向西偏北五十米，有一口大水井，井圈巨大，场地也较大，四周有几棵梨树和杏梅，春天时，花香很浓。

向南偏东约七十米，也有一口水井，位于大马路边，过往的人很多。井边有一石槽，可以洗濯衣服，槽头下边有一水沟，直通大水渠。这里的石井圈磨损得最厉害，形状也有点走样了。水井边上是大姨妈家，她看

到我挑水，就会大声地表扬，弄得我不好意思，去得最少。

向东偏南的水井，按姓氏分，是赵宅唯一的水井，距厨房约七十米。此井东临水田，南濒大水渠，水井东边还有大杏梅树，倾斜向东边的稻田。大水渠上有石桥，下有供人洗濯衣服时可坐的条石，这里人最多，常常有两三个妇女同时在水渠里洗菜洗衣服。与水井隔着大马路的，是个大水塘，水塘有四个石板做的站台，可供人取水洗涤。塘边和井边人可以相互讲话，比较热闹。

井边是人们交流信息的场所，也是一些无谓争端的起源地。若要骂人或散布谣言，井边是首选，如英美的下议院或众议院。

家里水缸里的水，都取自水井。原先是父母挑，待到我们兄弟姐妹长大一点，基本上是我们的工作。能够挑水，好像是自立的一种象征。我从挑半桶水开始，再慢慢变成满桶。小孩子去挑水，最难的是提水。把水桶丢到井里之后，舀满水，再将水桶提上井圈，不但需要臂力，也需要一定的技巧。如果有邻居在，他们都会帮忙。

前几年，看到一本关于石井圈的书，书中照片很多，都是历史的物证，十分有趣。回老家后发现，青壮年基本在外，村内已人烟稀少。专门再去看当年的三口水井，发现都已废弃不用。村里在三十多年前，就已用上了方便的自来水。好在井圈尚在原地，只是没了神采，周围是萋萋荒草。看井内，水清见底，内壁都长出了游丝状的青苔。

不管是否愿意，我们熟悉的农耕时代确实已经过去了。

石桥

江南多雨，乡间多桥，以石板桥最多。只有过溪跨河的几十米、几百米的宽阔水面，才会有木桥。木桥往往很长，用四五米一节长的桥板构成，以松木桩固定在溪水中，宽度只有一两尺，都是由圆形的原木钉成，走上去有点摇晃。

架木桥的地方，都会在春天发大水时拆桥，以免桥板被大洪水冲走。洪水过后，再重新架桥。过桥时，有时候牛不愿意，就让牛涉水，人在桥上行。一般的老牛，都会同人一样，慢慢地过桥。春夏之交，常发大水，水牛被冲走的事，时有所闻。“大水牛汰（读音是‘推’）开，笠帽头撩回”的乡谚，即由此而来，意指失大得小。

石板桥不同，简单的只有一块，复杂的多块，短则一两尺，长则两三米。

家里往东，有一条杨家溪，因在镇西面，又叫西溪。从两三里的大街往西，就有石桥叫西溪桥，长三百

多米，桥面全部用四块方正的巨大条石铺就，平整如砥，宽约两米，没有栏杆。小时候有事没事，常去桥上跑一趟来回。此桥离家不过几百米。

后来，文物部门来调查，查出此桥是宋代的古物，建于北宋天圣十年（1032），有当年的石刻为证，距今约千年了。以后走在上面，连脚步都不自觉地轻了点，只怕古人不高兴。

还有邻村九遮山的石桥，被文物人员发现，桥的形制是独创的，为世界桥梁建筑史上仅有的实物遗存，叫犖桥，尚有三座完好无损，均造于清代。犖桥即以最简单的三块石料，建造最坚固的桥：八字形的两块石板，夹着一字形的桥面，如此而已。

两桥边都竖了石碑，写明了身份。好像进城买房的农民，户口转为蓝印了一样。桥还是原来的桥，地位不一样了。

更多的五六米长的桥，则是由石块垒成的石拱桥，除了最里面的一圈是条石外，其他的都是卵石。这样的桥，都长满了常绿的各种藤蔓，非常美，是摄影家取景的好地方。

路廊

江南乡野，人烟稠密，目光所及之处，总会有屋宇和鸡鸣犬吠。即使是山区，满目青绿之中，也会有路廊显现。

路廊，是路边的歇脚处，是挡风避雨的天堂，是吸烟饮水的驿站，也是一个地区繁荣与衰落的晴雨表。

路廊的大小，视所在位置而定。只有少数位于村头或集市路口的路廊，雄踞道路之上，如城楼般威武。它们的底层有两层高，供人歇息的不是制作精良的条石，就是木制的靠背椅，平时也是人们纳凉闲聊、下棋打牌的场所。

大部分的路廊，则是孤单的，被丢弃在远离城镇村庄的荒野。

路廊的功能，主要是给行旅之人提供歇息之处，可以挡风避雨。内部的设施，是一溜石板或者可以坐人的石块。有的路廊之内，还会以三块石头或砖头，建一个神龛，放一个形象模糊的人像，说是佛或是土地公都行，让孤寂的旅人有一个伴儿。

如果路廊边有住宅，可能会提供免费的茶水。如果在山间田野，路廊边肯定会有泉眼或者可以直接饮水的小水池。边上会有一个带把手的竹筒，或者碗，方便路人取饮。

唐代诗人寒山隐居的寒山洞，有数百平方米，是台州最大的天然洞穴。当年寒山在这里隐居了七十年，写了三百多首白话诗，活了一百岁。他当年的诗，许多就写于路廊内。寒山洞边的小村，是我表姐的婆家，我每年都要去拜岁。她的公公在公社当文化站站长，叫陈兵香。他的生日是寒山的忌日，因此认定自己是寒山的转世，几十年中，积极宣传寒山文化。台州乡贤、明末尚书陈函辉，是游圣徐霞客的挚友。他出生前，母亲梦见寒山入怀，因此陈函辉号小寒山。当代最早写寒山传记的，是浙大教授何善蒙，他的老家，亦在寒山洞边。天下之事总是那么神奇。

去表姐家，如果走小路，不过三四里，但要翻过一个山岗。山岗上有一路廊，曾吊死过一个女子：过年时，她将家里养了一年的猪上集市卖了，得了几十块钱。不料，钱在集市上被拐子偷走了。回家的时候，她在路廊上吊自尽。从此，我经过此处，都不敢进去坐。

村里的另一个女子，人很善良，听到这个消息，十分难过。以后每次落市（赶集），碰到别人抓到拐子，捆在电线杆上，她都要去打拐子一耳光。她说，我为那个吊死在路廊的可怜人出出气。

官道

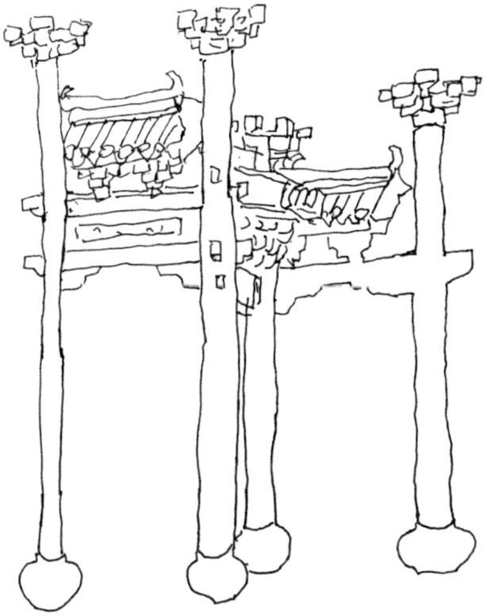

现在的省道穿过我们村北，取直线自东向西，十多分钟可达磐安县。

十几年前，这条沟通两县的62省道，是经我家的门前，穿村而过的。这条不到百年的公路建成以前，也有一条千年官道，从天台县城出发，一路向西，沿始丰溪边上溯，经街头镇的宋代石桥，再从村南往西方向蜿蜒，可达磐安、东阳、仙居。

官道全部由卵石或条石铺就，卵石以各种图案组拼，路面呈龟背状，路面的石头都油光锃亮。人走车行，都在其上。

1957年，政府开始修造通往东阳的公路，百姓仍然叫其官道或马路。街头镇为县西重镇，公路当然要经过。父亲当时是乡政府的工作人员，参与其事。经过本村的路线，由他调研确定。

候选的路线有两条。一是沿村北走，经过一片良田，路直，省事。但是，与村里人关联度低。二是从村东穿过村庄，但要从赵宅人的土地上经过，赵氏的祖坟都在路边，许多人对此很有忌讳。父亲问计于仍留本村的前朝当官遗老，他们虽是惊弓之鸟，但见多识广，头脑灵活。遗老告诉父亲，从历史看，凡是铁路、公路、水路经过的地方，都会兴旺发达。

父亲于是力排众议，选择了从赵氏的祖坟边修路。马路通了，人来人往，赵宅村更加热闹。乡谚说“老人话可当药”，此言诚然不虚。

而村南的老官道，立即被冷落。老官道上两座精美的明清牌坊，在后来的运动中劫数难逃，终成一堆碎石。

现在的交通，比父亲在世的时候更加方便。从高铁走，天台山站到杭州四十分钟。高铁站到祖宅家门，开车二十分钟。如果上高速公路出行，家门口到入口处，只要四分钟。

现在回家，遇八九十岁的老人，他们还会提起父亲当年的往事。只是这些事，父亲从来不曾同我说过。

兴家山道班

省道就在我家门前。一天两班的汽车，从我家门前经过。班车经过的时间很准，农村人大部分没有钟表，班车经过时，就知道大致时间是几点，是该继续干活，还是该准备烧饭。

为了保证公路正常运行，建有“道班”，即养路工。

从家门口顺着马路往西，大约一里，是隔壁的小村兴家山村。那里的公路边，有一排有岩石围墙的平房，即是兴家山道班的驻地，里面住着三四个养路工人。

以前没有水泥公路或者柏油路，路面都是龟背形，在中间撒两道五六十厘米宽的砂石，以承受车轮的碾压。汽车、拖拉机、手拉车过后，路面的砂石会流动，需要道班工人常年维护。修剪道旁树、除草、刷路线也是他们的职责。

看到汽车的同时，也常常看到道班工人。他们头戴柳条帽，面皮黝黑，总是默默地拿着一根一米多宽的橡皮齿推子，在马路边一下一下地将被车轮压到外边的砂石子重新推回路面。如果野草侵入了公路范围，他们要负责铲除清理。公路每隔十来里，就有他们的工房，放置手推车等工具与砂石料。

道班工作辛苦，但是，农民都十分羡慕。因为他们都是吃国家饭的人，每月有固定的工资，旱涝保收。扫马路的时候，也都穿着劳动布工作服，比许多农民过年时穿的还要好。另一个好处是，他们在马路上，对客车有招手即停的特权，他们随时可以上车，还免费。光凭后一条，就让很多人动心。

能够进道班的人，都不容易。表姐夫在另一个道班工作。他当过兵，立过功，在部队表现特别好，回来才被安排在道班。据他说，工作非常辛苦，而且单位里面也充满种种的不公，老实人吃亏，调皮的有门路。表姐人善心宽，很知足，总劝说：那你同农民比比吧！

邻村同学的父亲在道班工作，同学却不愿意进道班。他参加高考好几年，都失之交臂，不得已，才接班去扫马路。

街头站

镇上有汽车站，叫街头站，在村东三里的三岔路口，镇的东面。它有三条线路，一条向东，通天台县城。一条向西，经过我家门口，通到与磐安交界的花墙。花墙是当时天台西部公路的终点，即后岙公社所在地，现在已被淹没在里石门水库之下。一条向南，直抵里石门水库的大坝之下。这一条路沿着始丰溪而伸展，路在山间蜿蜒而行，山色倒映在溪水中，风光十分优美。

除了集市日与春节期间，一天两班的汽车，很少会满员。旅客买了票，也没有标明座位，哪里有空位就坐在哪里。汽车外面都是灰尘，因为除了县城大街浇了部分水泥，其他地方都是沙石路。

从街头站到县城号称五十里，即二十五公里，票价六角五分。车站是一层的三间小屋，站长、售票员、调度员都是同一个人。每天经过的车只有两班，上午一班，下午一班。

去县城的人，如果是农民，大多是去看病。如果没生病，人们都会选择走路，早上去，下午回。他们走小路，比公路近五里，实际只有四十五里。中午在城里吃自带的干粮，来回不过九十里，不算多。公共汽车上有专门的售票员，基本上是女的，很凶，不买票不让上车，贫下中农也不行。

区和公社干部到县城办事，除非是出公差，车票可以报销，否则坐车的也少，基本上是骑自行车来回。如果坐车来回，就要花费一块三毛钱，一天的工资也没有这么多，不合算。

邻居一个媳妇的弟弟，在县委工作，给书记开小汽车。她家常常有邻居放的青霉素小玻璃瓶，每次她弟弟来看她，都会带500毫升的汽油，一一注入小瓶里。这些汽油，是给邻居们免费加打火机用的。大家都说邻居媳妇好。

上车要买票，是指公共汽车。在乡间，其他的搭车，如搭乘拖拉机、货车，则从来不用付钱。

村里有拖拉机，如果去县城，车上肯定站满了人，多到挤不下。如果拉了柴草什么的，上面捆柴的绳索上肯定也会“挂”着很多身手矫健的小伙子，如杂技团的演员一样。到了上坡时，人太多，压得拖拉机拉不动了，司机会停下来，哀求大家暂时先下来，等上坡后再让大家上。可往往是，等上了坡，司机就加大油门，冒着黑烟，“突突突”地加速跑了，丢下一群上当者跳脚大骂。

街头街

街头街是镇上最热闹的地方。

街头镇，成形于南北朝时期，有一千五百多年的历史。古镇最早的名字叫仙人镇，因街面上有巨石，石上有天然的仙人脚印而得名。明代时，古镇已是水陆交通枢纽，有了一个诗意的新名字，叫湖窦镇。当年徐霞客游天台山时，曾经此处，并写在《游天台山日记》里。

清代的时候，此镇是天台西边最尽头的一个集市，船运可直达台州府，又在河谷平原的最西头，因此改名为街头。抗日战争时期，浙江省政府西迁云和县，街头古镇也迎来高光时刻，成为浙东行署驻地，辖浙东十八县市，是浙东抗战的指挥中心，镇名也一度改为嘉图镇。一时冠盖云集，兵马嘶鸣。抗日战争胜利后，恢复街头原名。

老街西跨杨家溪，南濒雷马溪，东起于枫树林牛行，西迄于桥头大樟树，有三华里长。

石桥西边，有一间裁缝店，店主同父亲是朋友。此

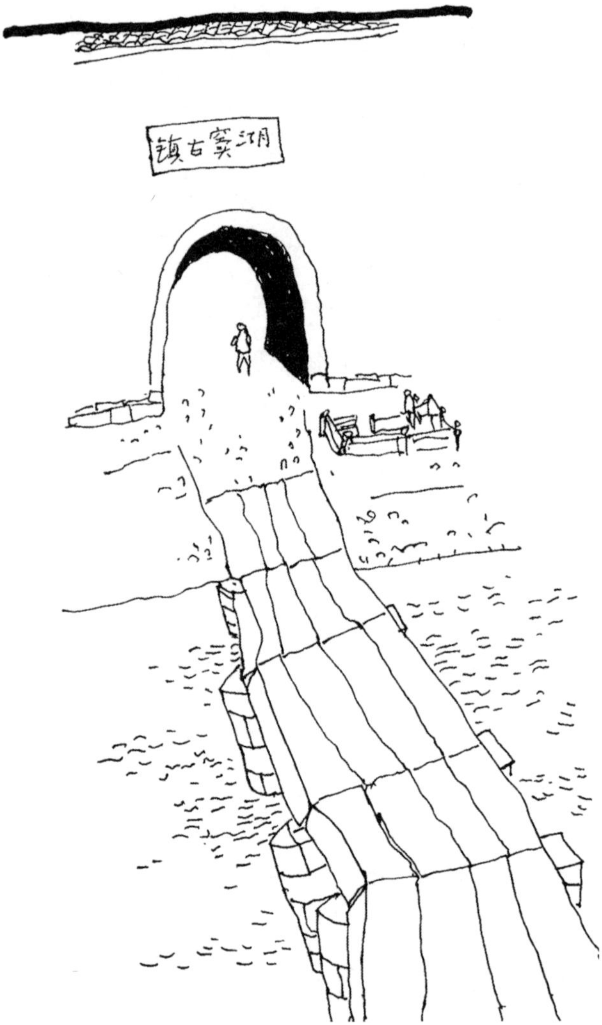
镇古窦湖

店距我家不过一里，人们一般称其为“西桥头衣裳店”。当时买布需要布票，没有成衣，需要衣服者，都是送布料去店里加工。如果做的衣裳多，如做女儿嫁妆、老人寿衣等，则会将裁缝请到家里做，除了工钱，还要提供食宿。

西桥头衣裳店的店主是男人，这在当时比较罕见。一般只有女人做裁缝，很少有男人从事这一行当。它是夫妻店，月客（当地方言，即老婆）也会做，给丈夫打下手，此外还有三个女徒弟。店里有两台洋车（缝纫机），一天到晚响个不停。

做衣服要熨平领子，没有电，只能用火烙，火烙需要炭加热。最好的炭是炭煤，即由柏子芯的外壳做成，这种炭煤不会有烟，非常干净，颗粒如绿豆大小。炭煤只有父亲所在的榨油厂才生产。因为店主与父亲是朋友，所以，他店里的炭煤供应从来不缺。

裁缝店年底最忙，这时候又最冷，而用炭煤生的火，不但能烫烙铁，也可以取暖，因此衣裳店里冬天总是有很多人。我大姐也曾在这家店里学过一段时间。

街头按照古历逢二、七市日。过年前的腊月廿二和廿七两个市日，是最热闹的。邻县的临海人、仙居人、磐安人、东阳人、新昌人，也会来街头落市，出售或采购年货。各县的方言大异于我们的口语，小孩子会刻意模仿。倒不是取笑，而是觉得有趣。外县人有的怒目以对。大人看到了，会喝止我们，并对客人说：小佬人勿识道理，你勿要计较。

不过，裁缝店的顾客都是本地人。

磐安人有时候会推着木制独轮车来落市，让我们感到非常稀奇。后来有学者考证，《三国演义》里诸葛亮发明的“木牛流马”，事实上就是它。

电影院

天台话把“看电影”说成“望电影”。集镇里最早的电影院建于20世纪70年代初，名字却叫街头大会堂。但里面浇上水泥、安装上椅面可以自动竖起的木椅，却是几年之后的事了。以前望电影，都是露天，免费。进电影院望，则要买票，从五分、八分到一角、两角，逐步涨价。到有座位的时候，我望了美国的科技电影《未来世界》，而且是彩色的。一个机器人，居然长得同人一样，可以自己思考、对抗人类，这将是一个怎样的世界？还是人的世界吗？这部电影给我的震撼，超过了任何一部以前望过的电影和文字作品。它向我展示了完全不同的世界，从此心灵再也不能宁静。

以前望过的电影，大部分是国产片，除了八个样板戏，就是《地雷战》《地道战》《渡江侦察记》《羊城暗哨》《上甘岭》《永不消逝的电波》等，很少有新片。后来偶尔有南斯拉夫的电影，简直是天外来客。正片开始前有新闻简报，以黑白居多。大一点的村，每年都会放

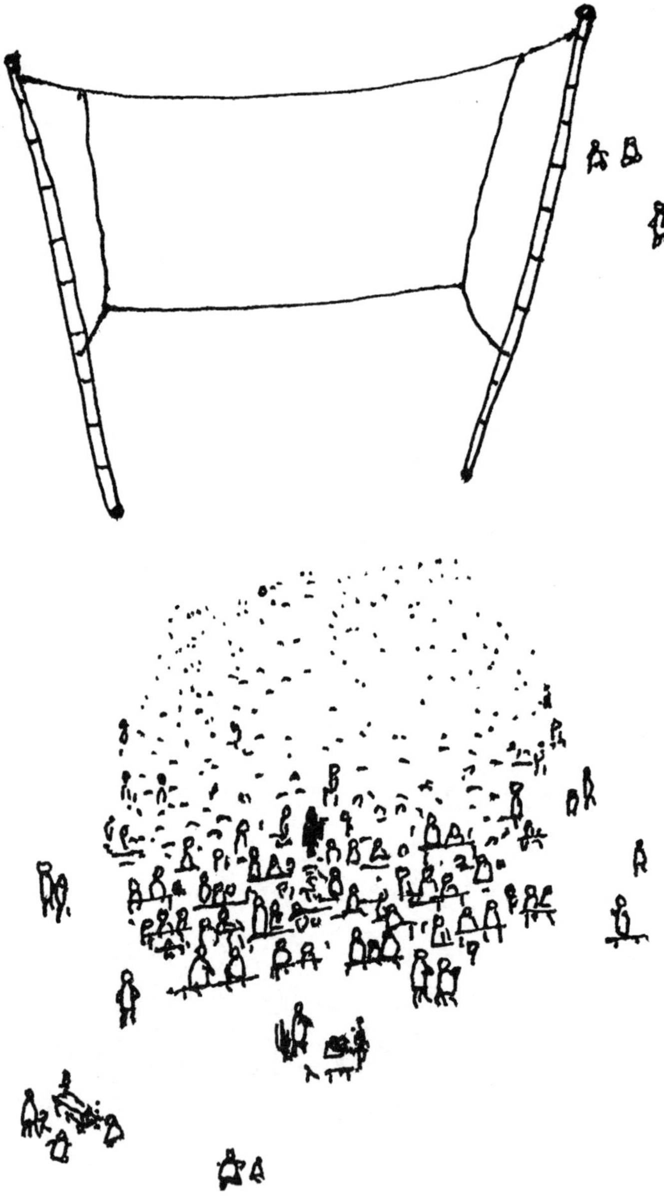

一两场电影。不远处的溪头陈水电站，为了丰富职工的生活，每年放电影的次数比村里多。这些放电影的消息，早一两天就四处传播了。本村放电影，还会请亲戚来观摩。为占位置，各家早早就将木条凳、竹椅放在簟场（晒谷场）。各村放电影的场地基本固定，挂银幕的两根粗大的竹竿，都是临时挖坑埋上的。

一般而言，十里以内的各村放电影，年轻人都会如赶集般地去望。放电影并不免费，望电影则免费。

许多电影望过多遍，台词都可以背出来了，但大家依然兴致不改。一部电影放过后，之后几天大家共同的话题，往往都是这部电影。如谁谁谁最勇敢，谁谁谁最漂亮。对于谁最勇敢往往意见不统一，但对于谁最漂亮，则众口一词：女特务。凡是女特务出场的镜头，全场肯定最安静。一个同学开玩笑说，还是当国民党的军官好。问他为什么，他说，有女特务陪呀。

尼克松访华之后，关于他的纪录片非常多，他给人印象最深的是大鼻子，以致班里大鼻子的同学得到了一个终身享用的绰号：尼克松。

桑园

三年级时，读《三国演义》的繁体字版本，半读半猜，得到的疑问与乐趣，基本相当，反而是疑问更能驱使自己多读。书中说，刘备家门前有一棵大桑树，亭亭如车盖，看相人说，这户人家必定出贵人。我当时疑惑不已：桑树都同我们小孩差不多高，怎么会高过屋顶？

村南雷马溪边有一大片桑林，主干不过一米多，每到冬天，都剪尽小枝，留下拳头大的秃树干。来年春天，树干抽出枝条，再长出桑叶，高枝也不过两米，小孩可攀下来采叶。

之所以种桑树，是因为生产大队有副业队，每年都养蚕。桑叶是蚕唯一的食物，所以从来蚕桑并称。桑树容易长，故种在从河滩平整出来的几十亩生地上。种桑养蚕收益不高，但有必须上交的任务，不得不做。干部有意见不能说，有些老人就会开骂。只是远方的大领导听不见，没事。

养蚕是季节性的，为了完成任务，村里专门建了蚕室，打扫得也最干净。每次养蚕前，公社都会派人来检查、消毒。如果发生过蚕瘟或得病，不是蚕死了，就是蚕活而不结茧。养蚕期间，蚕室必须保持恒温。以后看史书，知道司马迁因得罪汉武帝被下蚕室而受腐刑，我马上知道，蚕室事实上就是恒温室。

养蚕是细致活儿，基本上由姑娘和小媳妇们去做。大姐参加这项工作好几年。因此，从蚕纸上比标点符号还小的卵，到孵化、长大，再一眠二眠三眠，再上山、结茧，我都跟着亲眼看过、经历过。好在童年没有伤感，没有生命无常的感叹，只有对每只蚕身上总有马蹄印的好奇，对此我一直想不明白。

最喜欢的，还是夏天去桑林里捉知了。知了学名蝉，当地叫沙织巾。之所以到桑林捉，是因为它的树干矮，我们可以随手捉拿，收获多。桑林里，烈日下，总有沙织巾在高亢地大合唱。

童年的疑问，我直到上大学后才解开。当时我在一个古城上学，一天下午去买刻印的章石，经过一个老宅，发现围墙内有一株巨大的桑树，足有两层楼高，枝叶茂密，树冠很大。我才相信，《三国演义》的作者罗贯中并没有骗我。

当时很想探究，这房子的主人，是不是也是贵人？

竹园

竹园，也叫赵宅园，在赵宅村与街头镇之间。几百年来，一直是赵姓的共同祖产，园内有几十亩的毛竹，还有几座赵家的祖坟，坟山高耸。我常常登山望远，只恨少一副望远镜。

竹园北面，是一片更大的荒地，到处是残砖碎瓦，还有一些断了的刻有花纹的石柱、石础、上马石以及一口很深的水塘，水塘一半填了瓦砾。这里原是规模宏大的赵家祠堂，祠堂以及赵姓的所有其他建筑，都被毁于“长毛乱”（即太平天国运动）。

我读书的小学，是何姓的祠堂，木雕与石刻都很精美。老人们说，赵姓的祠堂规模更大、雕刻更好。凡消失的，总是美好的。每次老人们讲起废墟，总是先自豪，后叹息。“长毛乱”后，赵氏房产全部被毁，人员损失很大，再也无力恢复原状。我小时候所见的赵宅的老房子，都不过百年，简陋者居多。如此却因祸得福，新中国成立时，赵姓十多户，没有一个是地主。老人们想让我明白，赵氏先前确实阔过。以后读《阿Q正传》，我坚信阿Q姓赵。赵老太爷说他“不配姓赵”，真没道理。

全村的赵氏，上溯多代，都是一家人。我懂事的时候，已是人民公社时期，竹园早属生产大队所有，却仍然是我们经常去玩的地方。

夏天的时候，竹园是乘凉宝地。竹园地上几乎寸草不长，反而铺满了浅黄色的竹叶，非常干净，可以坐在地上看蚂蚁排队出外拉货。想去竹梢上吹风，可以脱了鞋子，赤脚掌心向内，手脚并用地爬上去，再将邻近的竹枝编织成躺椅状，坐在上面喊风。大人们干不了，因为竹枝细小，不足以承载他们的重量。

春天不能挖笋，但可以捡笋箨。竹笋一天天拔节升高，笋箨便一张张自动脱落下来，捡来摊平晒干，可以做扇子，也可做鞋垫，它吸汗，不臭脚。为捡笋箨，必须早起。去迟了，就被别人捡了。傍晚还可再去捡一次，收获略小。冬天下了雪，则要去摇竹枝上的积雪，免得竹竿被雪压裂。

竹园和周边，除了废墟，都是农田和各家的自留地。给兔子拔草，这里是首选之地。这里的坟茔、杂树、荆棘、水塘、水沟，是鸟类、昆虫、青蛙等小动物的天堂，也是我们的乐园。我们从小在这里东奔西跑，从没出过大的意外。即使晚上，我们也敢去。

有一次，和一个叶姓伙伴一起玩，他也从坟山往下冲，不小心跌倒了，膝盖磕到石子，出了血。他爷爷嘱咐，你不姓赵，最好别去。

永福寺

20世纪60—80年代，父亲在公社的粮油加工厂上班，冬天榨油兼做米面，夏天则专做米面。祖母习惯上仍然把榨油叫成打麻车。

加工厂建在一座寺院里，叫永福寺，在赵宅村东约三里，街头镇与后洋村之间的高地上。寺里原先有几个和尚，新中国成立后响应政府号召，都还了俗，这寺就成了真正的“空门”，后来变成了公社粮油加工厂。不过，民间没人叫它公社粮油加工厂，都直接叫永福寺厂。有人问我，你父亲在哪里？我说，公社粮油加工厂。结果他一头雾水。我说，永福寺。他说，知道、知道。

榨油的机器设在大殿里，比两层楼高。一进去，震耳欲聋的声音里，仰头看到巨大的旋转着的吊轮、传动的皮带、沉重的打桩机、一根根让我眼花缭乱的粗绳。地上，红亮的灶膛火焰、不断上升的蒸汽，还有穿着油布衣或赤着膀子的工人，一个个满头大汗。而外面，是冰冷的寒风。

厂里共有十多个工人。他们的工作是，将当地收来的乌柏籽先蒸热，让乌柏籽外层的白蜡融化，再将它倒入一个模子，做成一个个五六十斤的白色圆饼，外面包上稻草，一个个码好。脱了白蜡，是乌黑的乌柏子，将它放在电磨里碾成三四瓣的粗料，吹风去壳，然后放到灶膛的蒸笼里蒸熟，再将熟料倒到用稻草扎成的网兜里，放到有圆篾环的模子内，用一双赤脚踩实，再一个个码起来，到一定的量，放到榨油机里压榨。压榨的腔体是巨大的枫树，一个个油饼挤实后，开始加木塞，越加越多，最后要动用机器来打桩。这是半机械化的小厂，大部分工作还是手动，只是压榨的腔体内加了钢板，打桩的动力用了机械，接油的管道用了铁管，减少了人的劳动强度，提高了出油率。

为什么父亲在那里打麻车？祖母说，因为祖父以前就是打麻车的，父亲十四岁的时候，就跟着祖父做这项工作了。新中国成立后，工厂改为公社粮油加工厂，父亲继续参与其中，因为家庭身份好，又有小学毕业的文化，就成为其中的管理者。

永福寺，有同外面不一样的东西，如电动的砂轮，可以将废钢锯条加工成小刀；有台钳和锉刀，能够把一个个链条加工成一把火药枪。只要有人帮助电焊，还可以将粗的钢丝做成铁环。滚铁环，这是我们小时候的游戏。更让人向往的是，如果肚子饿了，可以将番薯、洋芋放到蒸乌柏子的灶膛里烤。那里火很旺，马上就能熟。烧火的原料是乌柏子壳，火力很猛。它的炭，叫炭煤，是裁缝烫熨斗的最好原料。

永福寺是我童年和少年时代的乐园。

砖瓦窑

村里有个集体所有的砖瓦窑，在叶宅村与兴家山村的交界处，也在马路旁边，距赵宅约一里。窑前有一个大水塘。砖窑并不天天烧，只有秋天、冬天时才开烧。开烧的时候，会在窑口用山上的蓬杆或稻草搭一个大棚，供烧窑人昼夜歇宿。他们要日夜不停地向窑里丢木柴，保证这里的炉火一直通红。

看到窑前堆了好几人高的木柴，看到不远处凉棚里有几十垛砖坯或瓦坯后，就知道快要烧窑了。

那年月起屋造宅的人很少，即使是集体造屋，也是非常重大的事，往往早就准备。砖瓦窑的所有产品，都是订单生产，从无一块砖头会被浪费。

公家集体要用，也得提前告知，大队要安排人做砖坯、瓦坯，准备足够的柴火。人力倒是随时有，很多人都有经验。

本村私人订制的砖瓦，往往是自己生产砖瓦坯，自己打了柴作燃料，大队只算加工费。有时候为了赶工

期，会请亲戚邻居来帮忙打坯。平时要参加集体劳动，这些私活，只能在晚上或早上进行。所以，造屋的人家，都会累成衰年的老牛模样。

烧窑基本上都是秋冬季节。小孩子会跑去看热闹，有的烧窑人凶，有的烧窑人面善。一般只等熟悉或者面善的人在了，才会围过去看。窑口比我们小孩子要高，成捆的柴一丢进去，不久就化为青烟。冬天的窑口，是非常暖和的地方。遇到善良友好的烧窑人，还会允许我们把大个的番薯、毛芋丢到炭火里煨熟。这样的美事，不常碰到。

窑头有烟囱，冒烟的时候很烫。冒出的烟带着水汽，有一种潮湿的味道。窑边还有一口随时满水的大缸，通过一根管子，昼夜不停地向窑内滴水。

烧了几天后，就会封窑。再过几天，会开窑。然后从里面搬出码得整整齐齐的砖或瓦，都还冒着热气。

对烧窑人，小孩子有点怕。若不是结伴或者有大人陪同，一个人是谁也不敢去的。有大人吓唬小孩说，有些地方的人烧窑，为了保证质量，会把活小孩丢进窑里烧死当祭品，听得小孩非常害怕。当地最恶毒的骂人话，就是“烧窑坯”，即烧窑时的献祭人牲。

不过，这样的话，人们从来不敢公开指说具体的人。烧窑人如果吓唬我们，最多只是将炭灰在脸上一抹，瞪眼伸舌作鬼怪状，吓吓我们便罢了。

枫树林

从赵宅村沿着马路往东，步行十多分钟，就到了汽车站。这是一层的三间砖瓦房，中间大门口的上方，是褪了色的“街头站”三个红色大字，其中的“头”字，还是繁体字。人们对能写繁体字的人，都非常钦佩，认为这是有文化的象征。

汽车站的南边是一片枫树林，有几百棵巨大的老枫树，牛的买卖，都在林中进行。同时，猪的交易，也在此。马与驴本地没有。集市日，牛哞、猪叫，声声不断。汽车经过，必须使劲地按喇叭才能让人和牲口慢悠悠地避让。因为牛市的原因，没人管那儿叫枫树林，都叫牛行。如果猪有意识，肯定联名抗议，要求改名叫猪行。毕竟从交易量来看，猪远比牛更多。

牛行的买卖，都是数以百十元，自然是全镇里最高的，因为牛比猪的价格贵。此外鸡、鸭等家禽，也相对集中于此，但它们要便宜很多。这里是集市的最东头，也是动物粪便气味最重的地方。

这里交易最频繁的，其实是猪。

牛行里猪的交易种类，大致有四种。

一是猪崽，买卖的量多。每一个农家，每年都会养至少一头猪。如果家里小孩多，能够拔足够多的草，则可以养两三头。买了小猪，有的人放在竹编的小猪笼子里，有的人放在竹箩里。如果临时起意买，没有带笼子的，则会抱在怀里。对小猪，农民都十分宝贝，不会虐待。有时候，小猪跳下来，在田野里跑，后面追着一个焦急喊叫的成年人，成为乡村一景。

二是猪壳，即半成年猪，也叫半堂猪。一般是养了半年左右，食量大增了，食物供应困难了，就提前出售。一些年底要办喜事的人家，会提前买猪壳养。如果要娶亲，能够送半边甚至全猪给女方，那是非常风光的事。

三是成年肉猪。当时的农民家庭，大多数的现金收入，就是靠这一次的卖猪。卖给供销社的收购站也可以，只是价格上，那边没有商量的余地。

四是猪娘，即专职生小猪的母猪。它们的体形都比较大。

还有一种是骚猪，即公猪，在市场上很少看到。它们是专门给母猪配种的，猪身大，脾气凶。骚猪的屁股后面，挂着两个巨大的睾丸，走起路来，威风凛凛。只是骚猪一出现，如戴着墨镜的大流氓进了场，现场的小姑娘小媳妇都会纷纷避让。骚猪的嗅觉特别灵，凡是雌性的气息，都会让它兴奋并流口水。

如果牛行是剧场，骚猪肯定是枫树林里最亮眼的喜剧明星。

小店

镇里有供销社，村里只有小店。小店在叶宅村靠马路边的何家，是我祖母的阿姨家，我叫老太太太婆。每次去她家，她都会给我糕点吃。

小店离我家大约三百米。卖的东西不多，主要是食盐、酒、香烟、火柴、肥皂、酱油、醋、饼干、煤油、白糖、红糖、糖精、花生米、豆腐乳、罐头等日常用品，学生用的铅笔、橡皮、练习本等。如果考试要默写小店的货物，给同学们三分钟时间，肯定都会得九十分以上。其中酒的种类多一点，有以黄泥封顶的五十斤散装酒，有玻璃瓶装的绍兴酒，还有一种招贴纸上印着金黄色大老虎的虎骨木瓜酒，一种用隶书烫金的十全大补酒。后面两种酒，都比较贵。前者只有在干农活时扭伤了腰，崴了脚，草药吃过几帖无效后，才会把它当作最后的灵丹妙药买来，有如白娘子为许仙盗的仙草般灵验。好像所有人，吃过虎骨木瓜酒之后，都没问题了。

后者酒如其名，是了不起的补品，一般只给老年人

1. 肥皂票
本月底
截止
2. 糖精票
下月底
截止

吃。年轻力壮者不能吃，吃了会散不了力气，不利于健康。小孩子则更不能吃，吃了伤脑子。这个说法很盛行，源于何处，无法稽查。但小店店主从不认同，说，谁吃都可以。只是没人信。

只有香烟的种类挺多，有大红鹰、雄狮、新安江，一段时间曾经流行过更便宜的经济牌香烟，烟盒印得也很粗糙。但香烟的销量不大，因为购买需要现金。大家习惯于自己在房前屋后种上烟草，剥下烟叶晒干后，自己刨成烟丝，用黄铜或白铜的烟盅抽旱烟，更省钱也更带劲。

买盒装纸烟的人很少，一种是为办事，如办红白事时，要买几盒，因为请人帮忙，必有递烟的礼仪。一种是男脱产干部，有工资收入，口袋里必须有烟，以保持身份和体面。还有一种是小青年，他们学电影里的大人物，张扬地吸白色的纸烟，以吸引人注意。

到后来，牡丹牌香烟流行，最牛的人是：脚踏凤凰（自行车），手戴上海（手表），嘴衔牡丹（香烟）。有手表的人，即使是冬天，也愿意露出左手腕，让手表在别人眼前晃动。

手表和自行车，村小店、镇供销社里都没有卖的，要到县城才有，还要凭手表票和自行车票。

当时，家家都有一本公社发的购买簿，首页盖有鲜红的圆形公章。许多商品如火柴、肥皂、糖精、猪肉、棉布，都只能按人口凭票证供应，定期购买。如果票证过期了，有钱也不能买。

白衬衫
西洋发
戴上海
衔牡丹
踏着凤凰
飞上天

贰 人物志

祖父

祖父在我出生的十年前就去世了。关于祖父的记忆，全部来自祖母的讲述。

我只看过他的照片，那是他留在世上唯一的一张。我常常长时间地凝视他的双眸。这是一张中年人的脸，安详而和善。我能看到的遗物，是他手刻的一块年画木刻板。它能逃过各种运动的洗劫而硕果仅存，也算是奇迹。

我上小学的时候，第一次看到这块双面阳刻的木板，十分惊奇。祖母说，这是祖父的作品，新中国成立前，这块木板可以派上大用场：腊月时节，将木板上的图案拓印在红纸上，可以拿到集市上售卖。来赶集的人，都会买上一两张回去张贴。这是我们家每年的一份小收入。木板上面刻的是道教人物。但是，老百姓从不考虑什么佛道神仙，只要是峨冠博带的古代人物，都是膜拜的对象，年节时上香点烛，祈求护佑。

祖父会榨油，冬天会去油坊打麻车。他曾经去宁波贩盐，再挑回天台零售，以赚取差价。来回要走七八

青龍吉慶

天。他留下的这张照片，在我童年时，祖母曾让一个上门画画的中年画师放大。这位画师坐在我家的堂前画了半天，我也坐在边上看了半天。画完后，对照原照，我看确实不像。祖母看了，说太不像了，不肯付原定的两块五角钱，只付了一块五。这个画师很沮丧，也不说话，就在我家里默默地坐着。后来父亲回家，看了画像，没有说什么，又给了画师一块钱，画师才走了。我觉得这个画师挺可怜的。

我家是中农，土地改革时保持原状，不进也不出，全家一直住在原屋。祖父留下三间老屋，在赵宅村的西北角，两间朝南，一间朝东。我上小学后，父亲又造了两间向东的房子，这样我们家就有五间两层楼房，三间朝东，两间朝南。父亲在院子里种了一棵枇杷树、一棵桂花树。初夏结满枇杷，秋天开满桂花。

父亲曾是个文艺青年，他曾登台演过戏，会拉二胡，会画画。他在外面，是个很风趣的人，有他在的地方，就有笑声。但在家里，他不大说话，十分威严。

祖父留下的这块年画板，我十分喜欢，当时用布将它包起来放在二楼的墙洞里，外面再用砖封回去。随着年岁的增长，年过半百之后，我对艺术的兴趣几近痴迷，并且奋不顾身地投入木刻之中。我不知道这是祖父这块木刻给我的暗示，还是他冥冥之中的眷顾。

我曾经问过祖母：祖父是否学过画？她说，没人教过，自己会。

我现在画画、木刻，也是没人教，自己学会的。

剃头老司

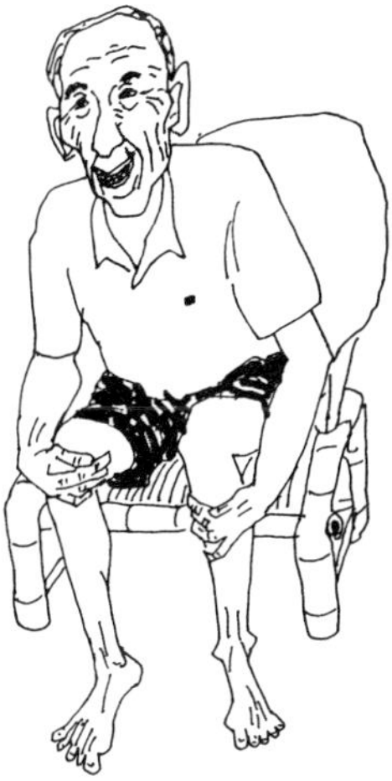

本村的剃头老司是善栋，我叫他善栋老伯。从我记事起，全村一直都是他巡回上门剃头。

善栋是驼背，敝家乡称佝（土音读“货”）背，小时候生病所致。本村人多，够他一年到头忙活了。一家人一年剃头的价格也只有几角钱，有的人家一时没有钱，也允许欠着，反正都是本村人，庙与和尚都在。他衣着整洁，随身带一个小皮箱，里面放着理发剪、剃刀、长柄塑料梳子、磨刀布、大围巾、圆形镜子、笔记本、圆珠笔，还有肥皂等，一样都不能缺。他每到一家，主人都立刻烧上热水，以供洗头。善栋则在堂屋或檐头下将镜子、剃刀布挂起来，让剃发者坐在木凳上，围上已看不清本色的围巾，开始在头上动凶器。

善栋的笔记本，是他的账本，什么时候到哪里剃了谁，都记着，倒不是记欠账，而是记哪些人还没有剃到，必须及时补上。

他住本村，有些人直接去他家里剃，好处是那边有一把铸铁做的椅子可坐，对面有一面大镜子，他家会提供洗头的热水。

善栋是全村人缘最好的人。不管碰到谁，都非常谦恭地点头，阿公阿婆阿叔地叫。因为驼背，他的点头更显谦恭与客气。村里人，从没有人欠他的钱过年。他更不容易。

他给人剃头，基本上是光头、平头、西洋发三种，还连带刮胡须。妇女剪发，一律免费，但从不给女人洗头。女人也不觉得受到歧视。儿童免费，男少年则与成年人同价。至于烫发什么的，除了电影里的坏人，现实里没有。给男人洗头，一脸盆都是黑墨一样的水。他只洗一次，另外的，得剃好后，再自己洗，这时候墨水会变成灰水。若要变清，没有四桶水恐怕不行。

女人因为头发长，见识也长，头发肥，头上生虱的机会多，大家就发明了六六粉去虱法，可惜当时没有去申请专利。六六粉是当时乡间最常见的剧毒性农药。在我们小时候，六六粉常被大人拿来去除头上的虱子，而滴滴涕则用来杀床铺里的跳蚤。

剃头的事，都是公开的。善栋工作时，身边会围着一帮男男女女，他们一边等着剃头，一边热火朝天地闲聊全球大事。

全村只有一人是例外，他理发时，都是关着门，只有善栋与他本人在里面。他是一个癞痢头，头上没几百根头发。为了安全，也从没人敢在他面前提一个“癞”字。

游医

赤脚医生是农村的主要医疗力量，他们医术不一定高，但态度绝对好。都是乡里乡亲的，凡是皮肤擦伤、肚痛拉稀的，涂个红药水或紫药水，吃点常规药，打个针，也能对付得了。加上村里的老农民，多少都懂一点中药知识，家里备有一些常用的药草，知道到什么地方采什么草药，或敷或煮，都属无师自通，他们不一定说得出道理，但常见的病症，基本可以药到病除。

游医则是一个例外。一般都是村里某人生了病，本村的医生已经无能为力了，到医院又花不起钱，则会听从某一亲友的推荐，请一个外面的据称名气很大的郎中来看。于本地而言，他是游医。而在当地，他可能根本没有名气，甚至没人相信他是医生。

游医一来，常常将以前的方案否定一通，声称如果早点找到他，不至于到这个地步。但现在亡羊补牢，犹未为晚。如果再迟半月，即使华佗再世，也是回天无力。病人与家属因此信心大增。吃过酒饭，开出药方，售出良药，游医信誓旦旦：吃药一市（五天，敝家乡五天为一市，一市就成了五天的代名词）之后，必定见效。到时，再来开第二方。有没有效，确实难说，反正是死马当活马医。如果有效，病人家属自然会找上门去，求游医开第二方的。

有一远亲，对肚子鼓胀有一特效良方，只是几味草药，吃过几帖即愈，系祖上所传，仅此一门绝技，他亦从不示人。每年常有外县病人找上门来，他即以草药交付来人。常有久治不愈者药到病除，视他为再生神医，重礼酬谢。而在本地，他了无名气。

上小学时，村里来一游医，先在簟场表演空手断砖等戏法后，开始卖大补丸。父亲带我去看。他对我父亲说，我看全场的小孩，就你这个孩子最聪明，只是少气薄力。你让他蹲下再站起来试试？我试了，说，头有点昏。游医说，吃了我的大补丸，头不昏，会更聪明强壮。

父亲买了两瓶。

回家后，祖母说，又被人骗了。

大补丸我还是一日一颗地吃了。蹲下站起，头昏依然，但感觉自己聪明多了。

大铜锣

说到敲锣，村民首先想到的是统天。

他五短身材，全身黝黑，喉咙很响。大队里凡有大事宣布，必定开会。开会的通知，必由统天以敲锣的形式口头通知。后来广播普及，本来大队干部可以在广播室里讲，但是，根本没有统天的气势，落实的效果会大打折扣。于是，有广播以后，凡是重要的事，还是由他敲着米筛般的大铜锣传达，事半功倍。

统天敲锣，很有风范。一般是“铛——铛——铛——”，声音悠长而舒缓。大约走一百米，在人口稍稍集中的地方，他会停下来喊话，这时，锣声会急促地变成：“铛铛铛”，最后一个刹记锤特别重，然后他的嗓门大开：“大家听到！今天晚上！大家开会！祠堂里面！贫下中农！不得迟到！地富反坏！出门扫地！”开会无准确的时间，因为全村没几个人有钟表。

他喊遍全村，约一个小时，记半天的工，十分合算。也曾有社员说，这个工分好挣。干部说，你喊两声

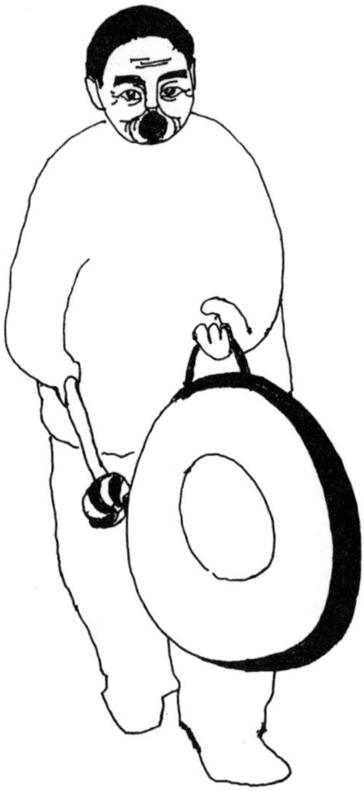

听听。一听，否定说，不如统天。

除了开会通知，冬天的防火烛宣传，也专属统天。

根据上级要求，这份差事原来也让学生做过，让学生冬天组队到村里走一圈，一边敲锣鼓，一边喊口号。但是，家长们心疼孩子，也认为小孩们的声音太嫩太轻，于是提意见，终止了学生的夜呼，重归统天的专利。唯一不同的是，学生夜呼免费，给统天要付工分报酬。

冬天的晚上，他会以独特的风格敲锣、喊话："大家听到：冬天干燥，小心防火！清理灶膛，水要满缸！过年快到，平安最好！"

他的说辞，都是四个字，与《诗经》相似。不是为了省事，而是太长了，喊不响。

统天属村里的名人。因为村里的重大政治活动，都经他的锣声召集、传播。村里丧事上的开道锣，也都近乎法定由他执锤。送丧的队伍有几百米长，走在最前面的是打着旗龙幡的傻子善令，第二个就是统天。一路上，他以沉重而嘹亮的铜锣声为灵魂开道："铛——铛——铛——"这一次，他不用喊话。

对死不大忌讳的老人会对统天开玩笑："下次给我敲锣开道，你要敲重一点。"

统天非常惶恐地点头："一定！一定！"

闲汉

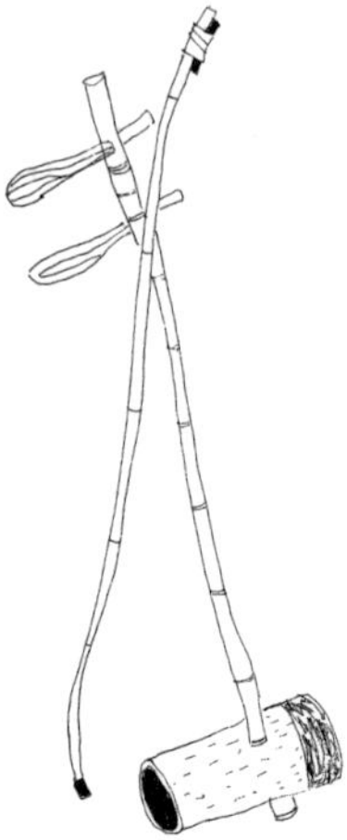

江南农村，人人勤劳，没有闲人，也谈不上有闲汉。

如果以是否每天去劳动作为标准，本村则有两个闲汉，也都是病人。

一个是间歇性的癫痫病患者，称之为癫人。发作时，赤身裸体四处骂娘，或者拿起棍子，作势要打人，大家畏而远之。不发作时，则是一个沉默寡言之人，也能参加田间劳动。只是什么时候发作，大家心里都没底。以时间计，他一年有四分之三的时间是正常的。他有一个妻子，也不大聪明，经人撮合，住在了一起，生了三个孩子，两个是女儿，倒是正常的。一个是儿子，继承了父母的基因。他家的周围，远远都能闻到发霉、腐烂的气味，人们都绕道而行。

另一个闲汉叫善令，是傻子，比癫痫病人年轻一点，长得白白净净，对谁都笑嘻嘻的，一脸和气。他讲话口齿不清，也不吓唬小孩子，反而被小孩子欺侮，被欺侮时也不会还手。后来，小孩子也不好意思再去欺侮他。他是全村唯一一个成年却从不参加生产劳动的人。他母亲给他做好一日三餐，给他洗理衣服，因此他的穿着十分干净。如果不和他说话，光看他的模样，会觉得他比老师更像老师。

善令不知自己的年龄，他母亲教他回答：问善庆。善庆是他邻居，两人同年。大人小孩碰到善令，总故意问他年龄，他永远回答：问善庆。

善令从不伤害人，整天在村里游来荡去。他的存在，是一个坐标，让所有被老婆骂为不勤快的男人，都有一种优越感。村里有红白喜事，他一定到场。别人问他来干什么，他说：这里有吃的。他总静静地坐着。开饭时间到了，主人就盛碗米饭，夹几样菜，端给他吃。一直到红白事结束。

结婚的喜事，他只到场，帮不上什么忙。别人调笑他：给你娶老婆，要不要？他都说，不要。

遇到丧事，善令更是到场，他是村里不可替代的扛招魂幡的人。招魂幡，我们这里叫它旗龙幡。出丧那天，他早早就拿着旗龙幡站在主人家的门口，等待第一个出发。旗龙幡用新斫的毛竹做成，长四五米，竹梢上留几枝竹叶，上吊着一束白色纸条，有一两米长。

他母亲去世后，善令开始衣衫不整。不久后，也死了。

村里的老年人，只有在遇到丧事的时候，才会记起：旗龙幡本来是善令的。

号碗匠

农闲时节，常常有空着手，斜背着一个书包的中年男子，一边慢悠悠地走街串巷，一边喊：要号碗吗？要号碗吗？如果有人应承，他就停下来，到主人家门口，待到主人招呼后，才进门。

他是给碗刻字的人。

谈好价格，主人将所有要刻字的碗拿出来，中年男子会掏出一本本子和笔，问清楚要刻的主人的姓名，写在本子上，让主人确认后，才开始动刀。刻完后，中年男子会取出一块学生用的小砚台和一块小墨条，向主人讨一点水，在砚台上磨起墨。然后，用一块布蘸上水，在墨汁里再点一下，往刻过的地方涂抹，再用干布擦一遍，主人的姓名就黑白分明地显示在碗的外沿上了。

刻字的工具非常简单，就是一把嵌有金刚石的铁笔，铁笔不长，有好几支，只怕万一坏了，他可以把生意做完。

只要第一笔生意做完，刻字匠的后面就会跟满了小

孩子，下面的生意，根本不用他出面，小孩子们早就跑回家报告父母了，要他们把家里没刻的都刻上，最好刻上自己的名字，只给自己专用。一般的家长不会同意刻小孩的名字，只会刻自己的。因为刻字的目的，是为了在别人借碗之后，可以取回自己的碗。小孩的名字，不合适。有的家长给小孩刻，这个碗就属小孩专用了，不再出借。

刻字匠有时候是外县的，有时候是本县的。他们可能彼此都熟悉，来之前通过气，因此很少在一年里再碰到同县的人来第二次。有的人，字刻得很好，刻好后，他也很得意，说，我这是颜体。有的刻字匠，字写得差，也刻得大，不好看。

刻字以字数计，所以刻的碗里，基本上都是两个字，不带姓。同村之人，大部分也同姓，即使不同姓，同名字的也没有。能省则省。偶尔刻字者也会用金粉涂上，这样显示的便是金色而不是黑色，但是金粉不大牢固，一年半载就会掉粉，仍然要上墨。

最体面的刻字，是女儿出嫁时，个别的人家会用全套的瓷器碗盏做嫁妆，这样的时候，必须刻上女儿的姓名全称，并用金粉涂抹，以示喜庆，当然收费也会高一点。这样的机会很少。

偶尔还会碰到锔碗的人，他们的工具更复杂，工钿更高，生意也更少。

七世人

敝家乡认为，人一共有七世。做头世人时，什么都新奇，什么都要问，显得有些傻萌，故称一些不懂人情世故、缺少常识的人为“头世人”，似乎有点贬义的意思，但更多的，则是可爱的形象。这个称呼，一般只对成年人，不针对小孩子。

有幸被称为七世人者，则一定是八面玲珑、冰雪聪明之辈，他们非常早熟，谙熟各种应对。一般用七世人来称呼特别伶俐的小孩子，对成年人则很少如此称呼。

我一直疑心，如果以七世人称成年人，则有近乎你是最后一次做人的诅咒了，所以不能。

为什么人只有七世？七世之后做什么去？为什么不是三世或九世而是七世？此说从何而来？似乎也没有答案。

邻村有一小女孩，特别聪明漂亮，人见人爱，却不幸生了白血病，百计无法，只到七岁就死了。见过的老人们都叹息：这样的七世人，怎能活得久？

三年级时，吕老师教歌，叫《我爱呼伦贝尔大草原》，其中有“贫下中牧”一词，我第一次看到，因只知“贫下中农”而从不知有其他，就当众提问：“吕老师，是不是错了，是贫下中农，为什么是贫下中牧？”吕老师说：“因为草原上大都是牧民。大海里还有贫下中渔呢。”

邻居女孩，仅大我三个月，与我同班，人称“七世人”，属于会举一反三者，人人称羡。课后她对我说：“你怎么当众问呢？”我说：“我不懂呀。你知道吗？”她说：“我也不知道。但你当众问，就说明你不懂。我不问，别人就不知道我不懂。”她的结论是，我是头世人！

确实如此。

我常常自问：自己是哪世人？

我自评是三世吧。但妻子的定论是，二世或者头世人。

喝酒

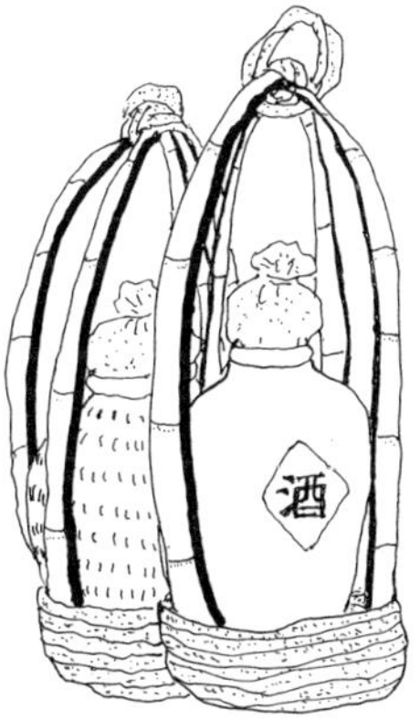

农村对喝酒，并不支持，认为春节时候喝一点就差不多了，对平时嗜酒的人，不会有好评。

喝酒的机会，主要集中在春节、家中来客、赴亲友或邻居的红白喜事时。春节的酒，许多人是自酿的，也最为珍贵，称自做酒。平时待客或红白喜事时宴席上所用的酒，都是去供销社买来的，称买来酒，以散装酒居多。买的数量，以来客量多少而定，如果有好几桌客人，则是成雕成雕地买。过去，南方不流行买烧酒（白酒），认为那只有干苦力的才喝，层次太低。都以黄酒为正宗上品，且要温热喝下。那时玻璃杯尚少，都以瓷质的小碗作酒器，一满碗大约半斤。

亲戚之间，同村邻里之间，大家都知根知底，一般喝酒，都是为了场面上的礼仪，只是解解馋，很少放开喝，因为酒比较贵。只有一些“头世人”式的人，才会将主人的劝酒当作动力，一醉方休。

有一家结婚，喜宴时准备了有限的酒，大部分客人都适可而止，喝几杯就结束了。只有一桌不识时务的客人，喝得兴起，居然从中午喝到晚上，将主人家准备的酒全部喝光了。到最后，主人不得不让一位长者出面，将这帮人劝止。后来，那几个人因此事常被人笑话。

本村一人，酒量很好，平时在家，因为穷，喝不起。凡是红白喜事相请，他必然到场，每场必喝四五斤，而且根本没有醉的意思。如果没有人提醒，他可能还会再喝几斤。村民们都替他可惜，认为应该让他去人民大会堂，吃公家饭去，同时可以替领导人代酒，杀杀外国人的威风。

表叔不喜欢喝酒，但有一次，他喝醉了。那年夏天，烈日下他和几个人帮供销社拉酒赚脚钿，一共有两辆手拉车，四十多雕酒。拉到半路，一个同伴说，这么多酒，不偷吃点过意不去。于是停下来，找来小麦秆，用水弄湿了雕头上的封泥，再用麦秆吸食。结果，表叔喝醉了，无法走路，更不能拉车，被同伴送回家。别人问他为什么不喜欢喝还要喝，他竟理直气壮地说：公家的酒，偷喝不罪过，不喝雷都要劈死你！

吃蛇者

看到一篇科普文章，说蛇促进了人类的眼睛进化，让人的视觉更加灵敏。中国汉画里，女娲与伏羲就是一对缠绕着的大蛇。西方《圣经》说，蛇引诱了亚当与夏娃吃了智慧果，从此承受世间的苦难。不管爱憎如何，蛇确实与人的关系非常密切。

除了冬天，江南的山林田野里都会有蛇出没。提起蛇，不害怕的人极少。人们常常谈蛇色变。事实上，行路之时，只要步声张扬，或者索性拿根棍子一路打草，便不会遇到这种让人恐怖的长虫。一年之内，也很少听到邻近的村庄有人被蛇咬伤的消息。即使有，也有土郎中用土草药医治，并无生命之虞。

田间地头，远远看到或感觉到蛇出没的机会比较多。远方一片茂密的草梢分裂开来，或者某个区域无风而瓜叶动，小麦麦芒瞬间倾斜，甚至青蛙声突然停鸣并扑通扑通地往水塘里跳，十有八九，是蛇来了。

对人而言，蛇分有毒无毒两种，但除非特别胆大

者，不管蛇有毒无毒，大家都会来不及区别，先避而远之。老家把剧毒的蝮蛇称为“狗屎堆”，它盘在地上如一堆狗屎。见了蛇，如有可能，总是打死它再说。见蛇不打三分罪。蛇在人们的眼里，远比老鼠可恨与可恶。我十七岁以前一直生活在农村，见到蛇的机会极多，但仅有一次与蛇身碰到：去拔草时，右手碰到蛇，冰凉冰凉的，蛇跑了，我也跳起来就跑，吓得一天都没了魂。可见我不是刘邦。

蛇，如风如影，非常神秘，人们又敬又怕。打蛇的人多，却少有人吃。村里有胆子大的，捉到了毒蛇，右手捏着蛇的尾巴，左手一根竹梢，打着不断回首要咬人的蛇头，提到马路边，在众人又怕又喜的表情中表演，尽兴后才将蛇活剥了皮，生吞了蛇胆，然后回家去炖蛇肉。他是村里的一个光棍。

据说，蛇肉不能碰铁器，切蛇肉最好用竹刀，也不能把蛇肉放在铁锅里，只能用瓦罐，佐料只能放生姜与大蒜，最好不放盐。

对那个耍蛇吃蛇者，我从不敢主动与他说话。禁忌是最大的屏障。

赌徒

农村对赌博人都没有好印象。不但政府严厉打击赌博，民间也没人支持。村里有两个非常出名的赌博人，大家背后都称其为赌博鬼。一个红脸的赌博人，家里成分不好，本来即是经常被批斗的对象，如果有运动，需要有人上台接受批斗，他总是不二人选。除了成分的原罪，他还有两个新罪，一是贩牛，二是赌博。两者都名声远扬。他经常不在家，在家也酗酒。他的钱，更多的是来自贩牛。有一次，外县的一个人找到村里，说找红脸买牛，被村干部发现，拉到公社，审问了很久，发现对方是为了集体买牛，不知从何下手，才决定找红脸想办法。

红脸家小孩多，衣衫褴褛，非常可怜。有一次，运动来了，民兵新手下手太重，红脸被捆绑批斗后，手臂受伤又脱臼，实在没钱治病，还是村里出了钱让他去城里治疗。大家背后都说那个新民兵不识相。斗人是上级的要求，救人是本村的要求，并不冲突。红脸如果有了钱，会买只有乡干部才抽的纸烟，逢人便分。

后来，社会正常了，不讲成分了，贩牛属于正常的生意，他的日子过得比原来好，只是赌博和酗酒还是依旧。他种种不堪的往事，也都成了村民口中的故事。我考上大学那年，寒假回家，路上碰到他。他拦住我说，有香烟吗？我说，没有，我不抽烟。他的眼睛红红的，看着我说，都说你当官去了，怎么会不抽烟？我说，我是读书去的。他悻悻地走了。

另一个赌博人白脸，叫贤栋，谨言慎行，更不酗酒，且聪明过人，待人接物十分妥当，也从来没有被批斗过。两人的共同点，都是家里特别穷。白脸同我父亲关系很好。祖母说，少和他来往。父亲说，我不赌博，做朋友没关系。我和白脸常见面，他总是笑眯眯的。有一次，祖母对我说，你下次碰到贤栋，向他要回手电筒。原来，他向父亲借了手电筒后晚上去外村赌，最后把手电筒作为赌资输掉了，无法归还。那时的手电筒还是蛮稀奇和值钱的。

我经常碰到他，但不好意思开口。父亲对我说，不要提。

绰号

农村绰号多。这些绰号有褒有贬，有高雅的有低俗的，有的公开叫，有的私下称，不一而足。相对而言，给公众人物起的绰号更容易流传。

我们小学生也给同学起绰号，都传不久，因为年龄小，容易变。《三国演义》人物、《水浒传》人物、《西游记》人物，常常是大家的参照物。大家最不喜欢被人叫作猪八戒，同学里胖子倒没有，但不做作业的懒人有，常被称为猪八戒。但最后猪八戒都变成了孙悟空，他们拿拳头相威胁，起绰号的同学便都闭了嘴。和学生相比，村民起的绰号更容易流传。

一位大队干部，文化水平不高，开会讲话传达上级精神时，常常词不达意，又不善记笔记，一切都凭脑子，往往记不住。前面的几分钟尚算流畅，后面的内容，就有点乱。他一急，就讲“这个这个”，有时候会连续说三四个“这个”。一次开会讲话，总共不过五六分钟，“这个”就说了一百多个。他的优点是，对人不凶，人缘也好，大家也只背后叫他“这个”。

有个小队长，平时口若悬河，一次开大会时，被“这个”临时点名，谈批宋江的体会。若是闲谈，他完全可以胡扯半天，但这一次，突然站在大庭广众之下，不知怎的，他一时语塞，憋了半天，涨红着脸，只蹦出了三句话：“宋江是投降派。我们不投降。打倒宋江！”“这个”总结说：这个队长他讲得非常好，最关键的这个都讲到了，这个叫作主题集中、态度鲜明、立场坚定。小队长受到表扬，非常高兴，从此到处说：官不好当，讲话还是不如干农活轻松。“这个”也真不容易。

农村放电影之时，便是节日。全村的人，除了盲人和躺在床上的病人，都会挤到电影场。公社的一个干部工作比较积极，工作热情得有点过头，有点“头世人”的味道。他一直相信，他讲的东西都从报纸上来，都非常重要，于是逢人便讲，以致领导都有点烦他。所以，尽管积极，官却一直当不上。他喜欢在电影开幕前向老百姓传达上级精神，一讲就没谱，有时要超过半小时，直到被起哄。而每次开讲前，他都声明：我讲五分钟。他的绰号因此有两个，一个叫“五分钟”，另一个叫“粘长坑”。

前者文雅，后者粗俗——便秘之意。

长人叔叔

长人叔叔是父亲在永福寺厂里的机电工，他身高超过一米八，绰号“长人”，我叫他长人叔叔。

他上班比别人早，因为要将机器先开起来，也得最后一个走，把机器关掉。中间的时间，如果没有什么故障，他就很闲。只要经常给机器注满油，给齿轮加润滑剂，机器就会自己转，不会停，以致我一直相信，机器也有生命。但是，长人叔叔会隔一段时间，从他的小房间走出去，到大殿里看机器，听声音。拿个扳手，给这个螺丝帽拧紧几圈，给那个地方擦一下。

长人叔叔的小房间，是建在大殿边上的一间小屋，里面充满柴油味，凌乱地堆满了各种金属的电线、零件、齿轮、长长短短的木头等，还有一大堆螺丝刀、老虎钳、死扳手、活扳手等工具。更让人喜爱的，是有一个厚厚的松木做成的工作台，非常笨重，满是油腻，但上面固定着一个手摇的砂轮，一个粗笨的台钳，一个钻孔台。这是我可以制造玩具和各种工具的地方。长人叔叔对我十分和气，只要不影响他的工作，不要去碰电闸，他都会尽量满足我的要求，对一些我无法完成的工作，也会伸出援手。

我的弹弓就是在这里自己亲手制造的，因为有各种工具，我可以将两个装橡皮筋的圆环做得非常完美，让同伴流口水。弹弓的把手上，用剥了塑料皮的黄铜线缠绕，一下子身价堪比镀金手枪。

制造得更多的，是利用这里废弃的钢锯条，将有圆环的一头作刀柄，做了很多把小刀，并在电动砂轮上磨得锋利。如果没有这种电动的砂轮，学习李白磨铁杵，要将一把钢锯刀磨锋利，没有一年时间肯定不行。这些小刀，可以削铅笔，也是我小时候雕刻木头和石头的工具，常常伤到左手。小刀也成为我与同学交换其他玩具的硬通货。

因为与他亲近，当时每年春节，我都会去他家拜年，如亲戚般来往。前几年，我还特地回乡去看过他。八十多岁的时候，他当年当兵的地方突然停发了他的补贴，因为他们怀疑他不在了。他闻讯大怒，一个人坐车数百公里，赶到对方办公室，让他们见到本尊。单位领导大惊，怕有闪失，当天派人开车送他回来。

他现在九十多岁了，居然还骑自行车落市上街。儿子劝他少走动。他对我说，总得出去看看美女。

小学老师

本村的学校，叫叶宅小学。小学老师不多，有一个校长，一个教导主任，还有三个任课老师，一个代课教师。一到三年级，我的老师是同一个人，是位姓何的美女，什么都教。可惜的是，给我们上了三年课后，她就生病死了，仅三十多岁。我自忖当年能努力读书，同这位美女老师是密切相关的。为了博得她的表扬，我不断努力学习。三年时间，自然形成了良性循环。儿子上小学时，我特地为他选了班主任最漂亮的班就读。

后来是男的民办老师，姓季，隔壁村人，家庭负担重，总是早起干活后，再急走五里路，赶在上课前的一两分钟到学校。记忆里他的形象，总是满头大汗、气喘吁吁。因为生活累，他脾气也急躁。

后来，有本村的代课女老师来上课，她的妹妹比我们高一级，因为熟悉，大家都不怕她。有个调皮的男同学，上课时还把她气哭了。

教唱歌的老师年龄最大，他是公办的老师，姓吕，负责每天的敲钟任务。这个钟，就是一根弯成三角形的粗钢筋，留一个缺口，用一根铁丝挂在学校办公室的门楣上。我们跳起来，指尖也能碰到。敲钟的铁棒放在办公室的抽屉里。吕老师有课，则由另外的老师敲。老师都有手表。有时候，下课的时间到了，钟还没敲，上课的老师就会说，吕老师的表又慢了。

吕老师就住在学校里，隔壁是教室。有一次，我晚上醒来，看到天很亮，就赶紧起床跑到学校早读。我纳闷学校里一点动静也没有，月亮很大。学校是敞开式的，建在原先的祠堂里，没有大门，教室也没有门锁。我推开教室的门，坐在课桌前大声念起课本。不久，吕老师"呀"地开了门，从寝室里走出来，说，现在是凌晨三点呢，你回家睡觉去吧。

后来他特地为此在全校的大会上表扬了我，我却被同学当成了笑话。官方与民间的评价，有时候并不一致。

老牌单干

我懂事的时候，劳动都是由集体组织的，除了少量的自留地，所有的土地、生产资料、耕牛都归大队集体所有，从无单干一说。后来参加一次公社的大会，结束后，有一小队“地富反坏右”分子游街，走在队前的，是个子高高的中年人，穿白衬衫，上写黑字：老牌单干孙。他昂首挺胸，一手执小鼓，一手捏木槌，一边敲一边喊话：老牌单干孙岩林，家住雷溪溪头陈。

孙岩林同后面低身俯首的队伍形成了鲜明的对比，简直是鹤立鸡群。奇怪的是，大家对此安然若素，也没去计较。

问大人后方知，他是邻村的一个单干者，属于坏典型，全家人都已入社，仅他一个人顽固坚持单干。小队的、大队的、公社的、区里的、县里的干部都反复动员过他。但他说：“中央文件说，入社要个人自愿，并非强迫和一律。我认为一个人好，为什么不行？我家里的母亲、妻子、儿女都已入社，说明我支持政策。大家都先进，让我一人落后行不行？”

事实上，他小学毕业，书法很好，是一个思想者，一个非常勤快的人，也非常执着——认定单干比集体好。在出身、品行、言论诸方面，他都无懈可击，于是被关了几天之后，又被放了。只是每次运动来，批斗的行列里，必定有他。最让人称奇的是，每次参加批斗，他从不认罪，都气宇轩昂。那件写了罪名的白衬衫，是他参加批斗的“运动服”。批斗次数多了，人们也不以为忤。这种批斗，伤害性不大，侮辱性极强。

孙岩林以他的勤劳，在有限的个人土地上，确实产出了比集体同等面积多得多的粮食。非常幸运的是，除了偶尔的陪斗游街，他居然免于牢狱之灾。

一次上课，教师讲“叛徒内奸工贼”的大人物时说，他长着一颗花岗岩的脑袋，老牌单干孙岩林也一样。我直到此时，才明白，花岗岩脑袋是比喻。在此以前，我一直以为那是真的。

1981年，家乡的农村开始实行分田到户。孙岩林依然故我，没人给他平反。没有了批斗，他也失去了穿“运动服”的机会。1992年，他走完了八十二年的苦涩人生。前几年，我去乡间寻访他的事迹，除了他的女儿，竟然没人记得他了。他的那件“运动服”，真应该进安徽小岗村博物馆。

犯人

老年人讲，新中国成立之初，村里出了很多犯人，都是上个朝代的官人。有一个，还是林副统帅在黄埔军校的同届同学，是一位将官。待我有记忆时，他们有的死了，有的坐牢结束后回村当了农民。

20世纪60年代初出过几个犯人，都被关在遥远的青海，他们全是叶良八集团的。叶良八，本村村民，贫农出身，不识字，但头脑活络。为了骗吃骗喝，自己成立了省政府，自封为省长，视进贡食物多寡，以等价交换原则，给村里十几个伙伴封了市长、专员、县长、局长、乡长等，告诉他们，等老皇帝回来，立马上任。他拿着下属进贡的钱，一个人去杭州玩了一趟。受贿的大米、番薯、玉米尚未吃完，叶良八即被举报，所有“官员”统统被捉到官府里。原来以为同间谍有联系，审来查去，毫无蛛丝马迹。但最后，还是作为反革命集团处理，所有画饼里的省、市、县长官，都当了犯人，各被判了几年到十几年不等的徒刑。叶良八作为主犯被判了二十年。有两个瘐死狱中。这个以文盲叶良八为首的反革命集团，所有成员认识的汉字加在一起，也不超过五百个。

至20世纪70年代初，本村出了个轰动全县的谋杀亲夫案。

死者的名字叫法松，杀夫者叫兰妹（或兰梅），从邻村嫁过来不过两年，尚没有孩子。丈夫很忠厚，不知何因，被兰妹用鞋带勒脖子害死了。这是本村百年未有的凶杀案。那些天，全村谈绳色变，小孩子都不敢出门。穿着便服的公安人员来了好几批，村里好几个光棍被怀疑，一个个被叫去派出所问话。

被叫去的光棍们，只有一个帅哥承认半年前与兰妹有过一次性关系，还是被动的，至于杀人的事，他一无所知。派出所将他关了两天，其他人都被当天放回。这个小帅哥，后被村里的年轻女子避若瘟神，直到三十多岁才娶亲。

兰妹被判了二十年徒刑，成了解放后村里第一个刑事犯。后来被提前释放回娘家，又重新嫁人生子。

还俗

村里有两个出家人，一个是和尚，一个是尼姑，他们分别在本村的寺庙出家和邻村庵堂当尼姑。新中国成立后，因为政府的号召，他们还俗并公开结了婚。我懂事的时候，他们的衣着打扮，还是出家人。

他俩很和善，对所有人都很有礼貌，连跟小孩子也打招呼。本村和邻村，凡有相应的同灵魂有关的事情，都由他们亲自操办或过问。村民叫男的为老本师，叫女的为老本师老婆。听长辈说，除了20世纪60年代特殊的那几年，平时他们的业务非常忙。因为方圆三十里以内，就只有他们俩是专业人员。遇到老人去世，不管是党员干部还是社员，哪怕是身份不好的人，也会找他们进行灵魂超度、念经积功等法事，让死者得以安息。风声紧的时候，就在晚上进行。这种事情，即使最革命的群众，也不敢去举报。对冥界的事，大家宁信其有，不敢造次。加上每年总有被天雷打死的人，原因无法查证，就更加让人们心中有所忌惮。

他们俩有一儿子，20世纪50年代末响应国家号召，支援宁夏建设，以后没了音信，留下一个孙女。老本师的寡媳改嫁在本村，双方关系融洽。

敝家乡是佛教天台宗和道教南宗的发祥地，宗教气息浓郁，但本县人极少出家。出家的都是邻县人氏，那边人多地少，耕织不足以自给，出家也是一条活路。老本师老家在百里以外的黄岩县，他的出家，是因为他有一个当和尚的舅舅，带他出来，并做了他的师父。

据长辈说，新中国成立时，动员出家人还俗、结婚。他的舅舅没有还俗，也没有回老家，而是住进了老本师家，直到20世纪60年代，由老本师送了终。老本师的家，就是原来村里的寺庙，有三间供佛的殿堂，三间住人的厢房。

老本师老婆同祖母关系很好，经常来往。我也去过他们家很多次，他们夫妻俩都剃了光头，女的常年戴帽子，不易发现，老本师只在冬天戴帽，其他三季不戴。我觉得老本师同村里其他慈祥的老人没有两样。他家有佛像的挂轴、香案、木鱼等。每次去他家，老本师老婆都会给我吃糕点，我十分喜欢。

有一次我十分好奇，问祖母，他们平时是吃荤还是吃素。祖母说，当然吃素。这样念的经，才会灵。

算命先生

从我记事时开始，算命人一直存在，一般称其为先生。找人算命的事，也从未断绝。

算命先生几乎都是盲人，在邻近各村都闻名。集市的时候，有七八个算命的坐在街头镇西桥头的鼓楼下，等候生意上门。平时，则在家里当姜太公。

对算命人，我总有点怕。他们那没有眼珠的黑洞或者有眼珠却无光泽的样子，让人不敢正视。集市的时候，经过他们集聚的地方，我尽量匆匆而过。祖母说，他们都是可怜人。

算命人大部分从小就是盲人，基本上不识字。家长为了给孩子谋生，从小就叫他们跟同样是盲人的算命人学算命，靠着死记硬背，将生辰八字、相生相克、寿夭穷通的命理记住，再融会贯通，就可以混一口饭吃。

眼睛亮又会算命的人很少，即使会，也处于地下状态，不愿出头露面，不是非常可信的人介绍，轻易不言命。他们往往是旧时代的遗老，不愿惹任何的麻烦。据

说，他们算得更准。只是，这种准，基本属于神秘的传说状态，如民间故事中美丽善良的田螺姑娘一样，无法证实。

盲人算命的内容，基本上是婚姻八字是否合榫，婚宴何时举办最合适，久病的患者何时可以康复，生活困顿者飞龙上天的机会在何方，去世的老人何时出殡比较吉利，年过六十者询问生命的终点哪年会降临……

如果到街上集市日找算命先生算，肯定要付现金，记得当时是三角、五角，以后是八角、一元，直至涨得更高。如果找到算命先生的家里，则可以协商，没有现金的，送点食物，也可将就。为何收费不一？在街上算命，都穿着长衫，要讲行市，不能坏了规矩。在家里，则随便多了，赤膊短裤也可以，所以不拘。

在乡间，算命先生事实上是一个心理医生兼牧师。到街上找他们的，大部分是心存委屈的妇女，无非是想找个人吐吐苦水，算命先生同情加劝慰，然后将佛教道教的命理以通俗的说法告诉她，这都是命里注定，这辈子的苦就是修行，肯定换来下世的幸福，然后，让她高高兴兴地回家。

有一对青年，早已相好。女方父母心存疑虑，准备礼请一个有名气的算命先生厉铁嘴来合合八字。男方获知消息，连夜赶到厉家，告知内情。第二天，女方父母得到厉铁嘴的命理结果是：天作之合，万里挑一，美满姻缘。

叁 风土志

春节第一餐

小时候，贴春联的人家属少数。买红纸笔墨要花钱，还要找人写，并非每户都能做到。父亲对此十分上心，把它当作一件大事，每年很早就准备了。按照现在的说法，父亲很有仪式感。

写春联，是哥哥的专利。他从七八岁开始就练习柳体，是村里的少年书法家，常常被人请去写春联，赚得一大堆好话回来，再得意扬扬地向我们转述。因为他，我不敢再写毛笔字。

家里往往写很多春联，除了自家贴，也送给邻居。真正是邻里门楣一片红。

对我来说，最关心的，是吃和压岁钱。

到春节边儿了，做吃的东西多起来。糯米做的酒，这我不感兴趣。家里做的馒头，包的粽子，烧的猪肉，这几天可以放开肚皮吃。还有压岁钱。父亲会特地去信

用社，把钱换成崭新的钞票给我们，每人五角。新钱非常挺括，每一张一角的纸币都可以当小纸刀。这些钱，可以由我们自由支配，自己享用。除夕的关门炮、初一的开门炮等大炮仗，都是父亲去买，我们负责点火。

春节的早饭，按敝家乡风俗，必须是男人烧，这是祖宗传下的规矩。一来显示男主人地位之尊，二是因为男子属阳。古人把阳气视作天空与太阳的关系，阳气足，意味着万物生长，也意味着百病不生。新年第一餐，必须是芋头粥，也叫五味粥，内有芋头、花生、红枣、莲子、豆腐五味，全素，咸味，取年年有余、五谷丰登之意。除夕的晚上，母亲早就把明天早上的米、菜都准备好了。

正月初一，天还漆黑，我们被父亲叫醒，从里到外都换上新衣服，穿上有点硌脚的新鞋，先开门放开门炮，然后和哥哥弟弟一起到灶间，看父亲舀水放米，点火烧饭。尽管帮不上多少忙，但不能缺席。父亲让我们记住，新年的第一餐饭，必须由男人烧。

吃自己参与烧的五味芋头粥，感觉同别人烧的就是不一样。吃粥时特别小心，生怕粥汁滴到新衣服上，破坏自己的形象。

吃过粥，新年也就开始了。父亲给的压岁钱，往往还未到元宵节就花光了。不是不想节约，只是鞭炮的响声实在太诱人了。

压岁钱
压岁钱

牛酒

我所说的牛酒，不是二十四史里经常出现的犒劳前方将士的牛肉与酒浆，而是指家乡农民给牛喝的酒。

春耕前夕，给牛喝酒是上代人传承下来的习俗，不知道同皇帝春天的祭春有无关系。给牛喝酒，绝不是装模作样的作秀，而是实实在在给牛喝酒。喝的是黄酒。牛并无喝酒的习惯，闻到酒气就会避而远之。人就将黄酒倒进杯子大小的竹筒里，由两个人协作，同这头牛最亲近的放牛者一边向牛解释，“春耕就要开始了，你喝点酒，有力气干活”，一边将牛头抬起，扒开牛嘴巴；另一个负责将竹筒里的酒倒进牛的嘴巴。一般给牛喝三筒，大约三斤。牛也很听话地喝了酒，眼睛红红的，再继续吃青草。老牛们都知道每年的这个时候有酒喝，安之若素。只有小牛，才会不识好歹，摇头晃脑，用牛眼瞪人。

牛喝酒的这一天，农民们自己也喝。

同牛不一样的有四，一是人喝的酒都是温热的，牛喝的都是凉的。农民与动物之间，感情最深的是牛，为了牛，人可以拼命。没有牛，江南的稻作就无法完成。人能有米饭吃，牛的功劳最大。古代社会，偷杀耕牛，都是重罪。给牛喝的酒不热，不是为了省柴，而是牛喝了热酒会发酒疯。牛不讲政治，发起酒疯比较难办。二是牛过酒是青草，都是素的，人则有好几样热菜，还有荤菜。最简便的也是炒面干，即以猪肉、洋葱、米粉干炒一大盆。三是牛是人劝它喝，人则是相互劝着喝斗着喝。四是人在喝酒时会大声吆喝，会猜拳，牛则沉默不语。当然，就算牛语了我们也不懂。

酒一喝过，牛便知道一年的劳动要开始了。人也一样，酒醒后也要干活了。大地开始返青，树枝萌出嫩芽，青蛙开始喧闹。晚上，公猫开始在屋脊上叫春。北方的燕子也飞回来了。春天正式开始。

辈分

江南相比于黄河流域，开发较晚。从岩画、悬棺葬等极少的遗存看，虽然江南的原住民——百越先民同样创造了灿烂的文明，但因为没有文字记载，保留下来的实物也比较少，加上他们整体南迁，文明的身影已逐渐模糊。

江浙现有的居民，基本上是西晋末永嘉南渡和宋室南迁的后裔。两批移民，前者在4世纪，后者在12世纪。

江南现在的村落，大都聚族而居，家谱记载分明。一族之内，男丁起名字，都有严格的规矩，要按照辈分排序。凡同姓通谱的本家，一报名字，即可知对方与自己是否同辈，如何称呼。敝家乡历来重修谱，千年不绝。南宋迁到本县的赵氏两兄弟，现在已发展到数千人。我距本县的赵氏始祖赵士仔，已是第二十七代。“正善昌家声，光宗延祖泽”，是本县赵氏起名的辈分，我是

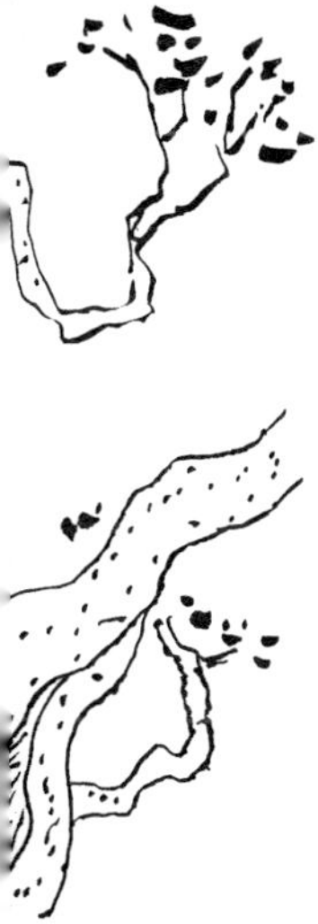

宗字辈。我们大概是最后一代按辈分起名字的人了。

一村之内，经过几百年的繁衍，往往从原先的一姓一家，变成了数姓数百家上千人，辈分会有四五代之多。往往是长房辈分低，少子辈分高。一村之内，虽有贫富之别，但关系并不像传说的那样势不两立，毕竟彼此都沾亲带故。同乡之间，不管是否同姓，上溯三五代，保证都是亲戚。

我家的上代，到父亲五代均为单传，人丁不旺，所以辈分高。一些年龄同我父母差不多的老派本家，因为与我同辈或低辈，在私下场合，都要称我老弟或叔公。同龄之间，有什么相争之时，即使对方无理，只要他说一句，你是做叔做公的人呢！做长辈的，也只能让三分。

长辈总得有长辈的样子。

村里有纷争，辈分高的人说的话，肯定比辈分低的人有分量。只是这种分量，是长期公正讲理的结果。如果一个辈分高的人胡说八道，同样也是没人听的。反而得一句骂名：还不如子孙慧。

慧，即聪慧明理之意。

慧人，是敝家乡对人的最高评价。

大首位

农村请客，按正规的礼仪，必须是用八仙桌，并放在正厅的堂前。

八仙桌的四方，与东南西北对应。一桌坐八人。大门朝南，大首位是东方的上首，其次位是西上首，三是东下首，四是西下首。右下首是主人或陪客席位，叫执壶。最小的位置是上横头，即北方的两个，留给小辈坐。如果室内有数桌，则右上角为上首桌、最尊桌，其他类推。

宴请期间，一般是其他位置都有人坐了，而上首桌大首位的位置必定还空着，此时必须推让一番，然后连拉带扯地将最合适的人选按上去。这位长者一边欠身而坐，一边说，惭愧惭愧，恭敬不如从命。然后，他先举箸，可以开吃。为什么尊者总是谦和，因为他已不需要争了。

大首位未定，大家都不能动箸，否则是失礼。

孩子赴宴，家长必教的礼仪，首先就是座位。如果家长没有亲自去，则会委托懂礼数的长者帮助照应，以免出差错。如果图省事，则告诫：不管哪里，坐上横头就不会错。那是晚辈的座位，就低不就高。孩子乱坐，别人会说这个家长没教养。不好的名声，比失信于银行更严重。

红白喜事之时，对此特别讲究。尤其是有些亲戚比较难说话，容易借题发挥，因此在座位的安排礼数上，必须万分小心。主家都会安排比较熟悉礼数又有一定地位的知客（酒宴上的司仪）相陪，重点照顾坐大首位等几个重要位置的人，早早让他们就座，陪着说话，让气氛友善温和，多劝酒，让他们高兴。

说到底，无非是让来客有面子，被尊重，显得重要。人们相争的东西，大部分都与此有关。

一场婚宴，对方送新娘来婆家，接待的知客年轻没经验，记人有误，误记对方年长的三首位为大首位，在安排座位时，没有首先拉大舅子上大首位，大舅子大怒，欲拂袖而去。最后，当然以主人全家和所有客人的千道歉万请罪而留住新娘和她的亲友，知客自己罚酒三杯作结。

接客门风

乡间客气，客人来，必须烧点心。这叫接客门风好，是待客的礼数。

以前都是步行，亲戚之间，哪怕只有十里路，也得走一个小时，确实会消耗大量体力。到了主家，除了吃茶之外，吃点心也是补充体力。最不济的人家，至少也会烧一碗蛋炒饭款待客人，让人家填饱肚子。

点心种类很多。春节期间，待客的各种菜品丰富，容易置办。大体上是炒年糕，加上肉片、油泡、豆腐干、虾干、豆腐皮、鸡蛋饼、青菜等佐料，色彩丰富，香气扑鼻。

平常时节，没有如此丰盛。一般人家，都会准备米面干、麦面干。客人来了，随时可以炒上几碗应急。除非客人特别要求，这些点心，没有一样是带汤的，都是干货，吃下去实实在在，再走十里二十里没问题。

盛点心的碗叫撇碗，待客专用，平时都放在介橱的角落。它碗口巨大，浅底，给客人盛上食物后，食物明显高于碗口，并成冒尖状态。因为都是干炒的年糕、面干，也能承受得住。最好的东西，如鸡蛋饼、豆腐皮等，都放于碗底。

有俗谚为证：丈母娘待女婿，鸡子豆腐皮放碗底。这是聪明的丈母娘的待客之道。

家中来客，小孩最高兴。

客人来，一般会买十来颗水果糖，分给小孩每人几颗。给客人烧点心时，看到孩子们一个个流着长长的涎水，眼巴巴地盯着滋滋作响的铁锅，女主人也都会多烧一点，给孩子们解解馋虫。比较厚道的客人，还会故意将碗底的鸡蛋饼等最好的东西，留下一部分，坚称自己实在吃不下了，以便主人分送给小孩去狼吞虎咽。

对于这样的客人，小孩最高兴，最欢迎。每次分别时，总是拍着肚子说，以后多来！

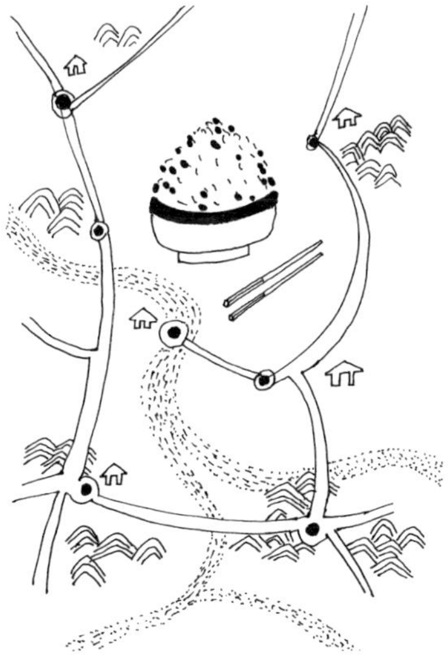

吃相

不要以为农村里普遍贫穷，不讲究礼仪，事实上，远古的风俗依然顽强地存在。礼失，求诸野。乡间的传统习俗更坚固。注意吃相，是祖母常常提醒的事。一个没有文明教育的社会，如果没有了老人，恢复野蛮非常容易。

做客的时候，不要看到喜欢的菜，就像饿煞佬一样，两眼放光、迫不及待地下箸。上桌的菜，长辈没有动箸，你千万不可先动。喝汤的时候，不要像猪吃水一样地响亮，引人注目。动箸时，千万不可到菜碗里翻拣，而是就近取食。不可夹了菜又放回去。不能在一桌长者已经放箸的时候，还在舞筷。特别是在长辈家，更要小心。据说，当学徒的青年，如果吃饭时乱夹菜，会被师傅当场打栗暴。这一传闻，让我从小对学手艺一事心存恐惧，也破坏了师傅在自己心目中的形象。

据说，一个相亲的男子，就是在吃饭时，暴露了自己的弱点，被厉害的准丈母娘一票否决。

对于终日为求一饱而不得的农民来说，目之所及，世间所有东西，无非是能吃、不能吃两种。能吃的，就关心；不能吃的，就漠视。春天时，野果可吃，许多草叶可吃，一些根茎可吃。如果能找得到，鸟蛋也可以吃。只是老人知道了，也会训斥：伤天害理。对饥饿者讲吃相，确实有点残忍。

一个瘦瘦的邻居，七十多岁去世。他一直说，这辈子从来没有吃过饱饭。别人不相信：这怎么可能？他说，只有一口饭也吃不下的时候，才算吃饱。这样的时候，他从来没有过。于他而言，人间一切，除了筷子，皆可放下。

讲吃相印象最深的，是退伍回来的邻居。他说，刚到部队的时候，可以放开肚皮吃干饭，大家都吃得特别多。尽管部队里早就准备了多三倍的大米饭，前面几天依然不够。他向我传经：第一碗只盛大半碗，三两下就吃完了，赶紧去盛第二碗，当然是满碗，还努力压实，可以慢慢吃。那些第一碗弄得太满的人，往往只能吃一碗，因为后面的米饭已被人吃光了。

只是这样的讨巧吃法，我记住了，却从没地方使。

祭祀

古人重祭祀。各姓都有自己的宗庙，即祠堂。春秋祭礼，必不可少。所谓血食，即子孙以三牲礼祭祖。后世简便，只留清明春祭。若按老例，祭礼之中，只有男子方可入祠。

男子如果膝下无儿子，必须从侄子中选一个作为自己的法定继承人。子侄不够，也可以从堂侄辈中选，反正以本家同宗为上。如果本族无可选择，则可以从外甥中选取，毕竟还有一半血缘。外甥可以成年后过来，并且改姓，作为本宗的正式后代。权利与义务同继子。

还有一种情况是，其外甥只有一个男丁，舅家又无男孩。这样，可以用兼顶之法，即此男丁既姓父家，又姓舅家，即双姓。责任与义务均与继子同。可协商确定，子辈姓父姓，孙辈姓舅姓，一直循环。还有一种是，外甥生时姓舅姓，死后下葬，回转父姓。

当然，即使毫无血缘关系，只要主人同意，也可以将其子作为继子或养子来收养。

所有这些，都必须经宗族商议同意，写入宗谱，并祭告列祖列宗。

民国以后，宗法解纽，礼法崩溃，原有的东西已消失或不被重视。只有祖宗的祭田还在，每年轮值耕种，作为祭祀费用。轮值人即为当年主祭。祭礼一过，子孙分祭余羹饭，孔子时代的祭肉，降格成了麻糍。分到祭祖麻糍者，才是正宗的子孙。

祖母说：一本家男孩，上年因偷东西被邻村人扣留，族人去讲事得以放人。清明时，当年的轮值主祭为人严苛，不同意给他一份麻糍，以示严惩。其父母同祖母商量。祖母认为，小孩子犯错，已受训诫，不应有双重处罚。祖母马上去主祭家，问，麻糍还有吗？他说有，并指了指多余的麻糍。祖母马上抢了一块，跑到后门，迅速递给早就等在外面的男孩母亲，她拿了就跑。祖母辈分高三辈，主祭家也无可奈何。

这个男孩咬着这块麻糍，一路叫嚷着，游走遍及全村。

新中国成立后，这个男孩子当了三十多年的村里最高领导人。他一直视祖母为恩人。

起屋

起屋造宅，是农村家庭最大的工程，也是世代工程。

因为传统习俗和生产劳动的原因，农村里重男轻女的现象比较普遍。有言道，生儿是名气，生女是福气。这倒不假：生了儿子，在新做父亲的高兴劲儿过后，就要考虑给儿子造屋了。最好是三间，至少是一间。如果儿子多，压力更大。

有一个父亲，生了四个儿子，经常在孩子面前叹息：你们四兄弟，家里只有三间屋，以后一人讨一个老婆很难。最小的儿子孝顺但才三岁不懂事，劝慰父亲说：大哥对我很好，我和他就拼一间吧！此后多年，小男孩的话一直被当成笑话流传。

为了筹备造房子，整个家庭会准备一二十年。

一是准备建筑材料。平时从生产队劳动回来，别人可以回家休息，造房者的家庭成员却不能，他们会拣别人废弃的合适的石头、石板回家，先囤着，做地基之用。

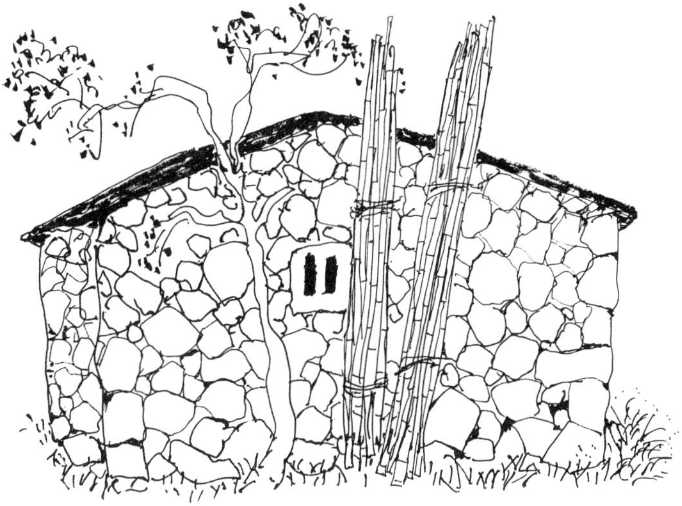

砖瓦当然是由自己做坯，然后出工钱让别人烧，这样可以省钱。浇水泥要用到溪沙，那就早几年去溪里挑来，慢慢地积着，反正不会坏。如果要用夯土，也会先去挖。

木料当然少不了，平时落市，看到合适的，有钱就先买着。

二是准备帮工。有起屋造宅的，邻居都会去做免费帮工，为的是换取对方以后的支持。

三是准备金钱。全家人努力节省，尽可能地存储每一分钱。过年少吃肉，平时不吃蛋，衣服破了尽量补，省出钱来，为了共同的事业：造房子。

农村家庭造屋，不借钱是极个别的。亲友邻居，能借的，都会去借。

女人怕生孩子，男人怕造房子。一造房子，生活的压力就会让家中的顶梁柱加速衰老。

村里有一家，生有三个儿子，父亲劳碌一生，没有享过一天福，一共造了六间房子，算是村里的大能人。到最后，他自己依然住在祖上传下的两间老屋里，一身是病。

还有一家，生了三个女儿，虽然有无后的精神压力，但毕竟没人当面如此说他。他住着祖上留下的三间老屋，日子自然滋润许多。后来，女儿一个个嫁出去，家庭没有负担，他的身体更好了。大女婿有钱，还给老丈人翻新了房子，他根本不用出力。

两老人一起谈天，都羡慕对方。

相亲

故乡历史悠久，方言属吴方言区，但是留存的古语颇多，如“你”“我”“他”三个称呼，本乡称“尔”“卬”“渠”。这三个人称代词，可以上溯至先秦，直至孔子编的《诗经》。

古语多为单音字，经过千百年的积淀，意义都很准确。看电影，叫望电影，因为银幕远观为上，近则模糊。近距离观察的，则称相。相亲、相戏即是。还有相骂，也需要近距离，以唾沫刚够溅到对方脸上为最佳，这样才有杀伤力。祖母在世时，坚守传统，从来不讲学费，而称“束脩”。“束脩”是《论语》里学费的代名词。至于平时口语中，与《水浒传》中一致的名词颇多，如称家具为家生，叫老虎为大虫。这些都是宋代口语。

相比较而言，当然相亲最重要。那时的相亲，一讲家庭成分，二讲经济条件，三讲本人意愿。“地富反坏右”成分的，基本上只能在同类之间婚配。各家普遍贫困，所谓条件好的，也无非是祖上留下的房屋多一间、粮食多几百斤而已。至于现金存款，绝大部分家庭都是零。政府提倡自由婚姻，但基本上还是按照父母有意向、媒人做联络、双方再见面的流程，都中意后，再送八字、定亲、送时辰等。虽说烦琐，但是老一辈说，同过去相比，这已是大大地简化了。

相亲是关键环节。一般是男青年在媒人陪同下，去女方家做客，与女方家长见面。男子去女方家相亲，常常会有借衣服的举动，许多穷人并无“出客衣”。为了显示阔气，还有借手表和自行车的。到了女方家，吃一顿饭，接受对方的面试。如果这次面试通过，基本上就成了。有时候，女方还是不放心，会委托信赖的朋友或兄弟，甚至亲自出马，暗中到男方村中望屋，即实地察看对方的房产情况。“有啜无啜，三间朝南屋”，说明有屋的重要性。所以，有男孩的父母，为了早日抱孙子，一般在男孩出生后就着手准备这个世纪工程了。

曾有一女，相亲后，派弟弟去望屋。弟弟说有五间屋，而且是新的。姐姐听后十分高兴。可嫁过去后才发现，有五间不假，却都是旧的。新的五间在后排，是别家的。原来小舅子第一次做间谍，没经验，将前后排看错了。这个世纪冤案，在两人结婚后二十年才彻底平反：夫妻俩在原址上，重新盖了五间新楼房。

进舍

做上门女婿，敝家乡称进舍，即入赘。

招婿人家，肯定是没有儿子但有成年女儿和房产的人家。为了女儿的幸福，必须将她嫁出去。为了养老，又必须让女婿住进来。一般人家的长子，不做上门女婿，做上门女婿的通常是二子、三子。

女方为了自己家有帮手，一般愿意招同村人做进舍，以便形成更好的势力结盟。男方为了自己的利益，也愿意留在本村。因为当上门女婿的人家，虽然经济条件差，但兄弟多，在本村，受到歧视的概率相对较低。

进舍的夫妻结婚后，生下的孩子要跟女方姓，同其他人最关键的差别也就这一点。

到了新社会，原来的那一套，也不大有人讲究了。有的人家姓女方姓，有的人家姓男方姓，都取决于夫妻双方的态度。也有的采取折中办法，第一个孩子跟女方姓，第二个随男方姓，以求平衡。

有一对夫妻，原先讲好的进舍，男方户口迁出，但

过几年后，双方却要迁回夫家，结果迁户口时，夫家村不允许。最后，在政府的支持下，夫妻俩顺利返回。从法律上说，不管到哪边落户，都是公民的权利。

进入 20 世纪 80 年代，农村实行严格的计划生育政策，有的家庭第一个孩子是男孩，因为只有一个，下面不允许再生了，如果没有提前约定好跟谁姓，双方就会有纠纷。

城市里这种纠纷比较少。住在商品房里的人，与隔壁邻居也不怎么来往，谁管你家娃姓丈夫姓还是姓妻子的姓。

有需求，就会有发明。有的进舍人家就两姓相加，作为新的复姓。

只是夫姓在前还是妻姓在前，又有了先后的问题。个别的，还因此闹了离婚。人类的许多争斗，本质还是男女之争。

我的二舅公当年到外村做了进舍郎，他有一个儿子，年龄比我小，但辈分比我高，我叫他表叔。表叔人非常聪明，但不喜欢读书，大舅公认为是姓了母姓的原因。前几年碰到表叔，需要他签一个名，发现他已经改为父姓了。

娘家

过去，农村的婚娶，以四十华里的半径为限，鲜有嫁到各州外县的。现在，同外省、外县通婚已不稀奇，我们村里还有三个外国媳妇。

嫁娶在周边的好处是，大家风俗一致，方言一致，认同感强。女人的好处是，娘家近，归宁方便。对小孩的好处是，去外婆家近，容易在祖母与外婆之间，在利益均沾中，煽动送温暖比赛，从小就得到职业外交家的训练。

村谚云：女人上半世靠娘家，中半世靠丈夫，下半世靠子女。娘家条件好，在择婿上自然有优势，嫁妆上也有能力压同侪。如果出嫁时，红艳艳的家具是十里红妆，嫁妆需要三间房子才能摆得下，在夫家的地位自然不同。

不过，进门的风光只有一时，日常的相处，还得看自己的表现。聪明的媳妇，不管娘家是否强势，都会谨言慎行，做好媳妇的本分，这样才会赢得夫家的尊重。

大部分人家，都会和睦相处。毕竟已经结亲，双方父母也都以亲家相称呼。两姓能否亲密，媳妇的作用至关重要。

聪慧的媳妇是两头讨好，让双方关系融洽，这是上策。个别情商不够高的，常常两边不讨好，结果两败俱伤。

跑回娘家，是小媳妇的撒手锏之一。这个时候，自然是男方做小伏低，去妻家迎接，妻子一般都会顺坡骑驴，跟其回家。闹得最凶的，无非是两请三请，堪比刘皇叔之于卧龙山岗的诸葛孔明，拿足了面子，也就回去了。

嫁期一长，尤其是生了孩子之后，媳妇的心，就逐渐归拢于男方了。“偷娘家”，即到娘家搬些东西到夫家，被认为是理所当然。

最差劲的案例是，媳妇认为在婆家受到了欺侮，仗着近，居然回娘家搬救兵，拉了一拖拉机的人来兴师问罪。结果，当然是人进不了村，拖拉机被推入池塘里。

到最后，媳妇回婆家的难度，比唐僧取经还难。

于那时的女人而言，娘家只是背景，尽量还是不要把它推上前台。就像冷战时期的苏美两国，彼此有核弹，只双手摸摸，瞪瞪眼，最多脱下皮鞋拍桌子，但都不扔。

外婆

外婆的形象，在汉语里总是正面的。外国则不然，有狼外婆。

中国类似狼外婆的只有天上的王母娘娘，造一条宽阔的银河，隔断织女与牛郎的来往。只是那天庭太遥远，与一般凡人没有关系。

农村的外婆，形象大体蛮好。有的孩子，长期在外婆家长大，以致到了爷爷奶奶家，同村人还以为来了稀客。我外婆家离我家只有三四十米路，我考上大学后，外婆送给我十元钱作贺礼。当时的十元钱，相当于现在的五六千元。于她于我，都是一笔巨款。

家庭中，一般女儿是老大的，外婆的形象最好。因为女儿先结婚，长女的孩子能最先受到外婆的宠爱，舅舅也会加入其中，自然关系密切。以前女性结婚早，有时，大女儿与母亲同时生孩子，甚至外甥比舅舅的年龄还要大。到后来，外甥结婚了，舅舅还未成年，但在婚宴上，大首位的位置，还得给舅舅坐，赏给新娘

的红包，也得舅舅给最多，舅舅无论如何摆谱，别人都只能含笑忍受。

乡间婚姻，即使自由恋爱，也得通过媒人的相关手续，经过送八字、小定、大定、拣日子、摆婚宴等种种仪式。也有个别的女勇士，做汉武帝时代卓文君的传承人，不顾父母一再严厉警告，晚上偷偷挂下床单，跳过订婚等一应礼仪，从二楼的窗口逃走，直接和心上人私奔。这对于家长，当然是特大的丑闻，如果发动战争能够掩盖此事，女方家长肯定会毫不犹豫地打响第一枪。

私奔的男青年，基本都是穷人。这时候，只有做母亲的，才肯悄悄地做第五纵队，向发誓永不来往的女儿偷送钱财。明察秋毫的父亲，也装聋作哑，不再盘问家里收支。碍于当时的赌咒发誓，一般做父母的，对外都会坚持不承认、不来往、不回答的“三不主义”立场。

一切都在外孙诞生后改观。女儿生了孩子后，外婆即使不亲临现场慰问，也会半公开地派私人代表去探望，送去小孩的衣服、食品、玩具，坚冰开始消融。尽管声称对那个“拐”走女儿的骗子依然没有宽恕，但是语气已经从寒冬变为暖秋。待孩子满月、女儿归宁，自然往事随风。

关系正常化，最迟也必定在孩子会说话之后出现。当外孙一口一声“外婆”地叫进来，从家里奔出来差点绊倒的外婆，早就笑成了一朵花。

女儿说，小娃昨晚上叫了一夜的外婆。

外婆说，他把我的心都叫烊了。

于是，那个千刀万剐的“骗子”，也被作为外孙的附属品，讪讪地成了座上宾。

寄娘寄爸

这是古老的风俗。有的地方还有拜佛像、神明、菩萨、古树等神物为寄娘寄爸的。敝家乡大多只拜具体的人为寄娘寄爸。寄娘寄爸，在敝乡，就是干妈干爸之意。

拜奉者，一般都因为人丁不旺，怕成长有碍，而把希望托庇于寄娘寄爸之福，让孩子平安成人。有时，则是算命先生推定，此小孩五行有缺，命途多舛，最好拜某一生肖者为寄娘寄爸，受其福荫，则可禳解此类不测。被拜者，一般都福祉较好，较有地位声望，相关生肖也刚好契合，大多同拜奉者原本就熟悉，也有一些是通过朋友介绍的。确定寄拜关系后，必须举行仪式，昭告亲友，正式公开双方的关系，以后均作亲戚走动，互通音信。

一般而言，大部分人不大愿意接受被拜当寄父母，因为有了这一层关系，对寄子女的事，就有了一定的道义义务，寄子女重大事项，如婚嫁之时，必须尽一份寄父母的经济责任。

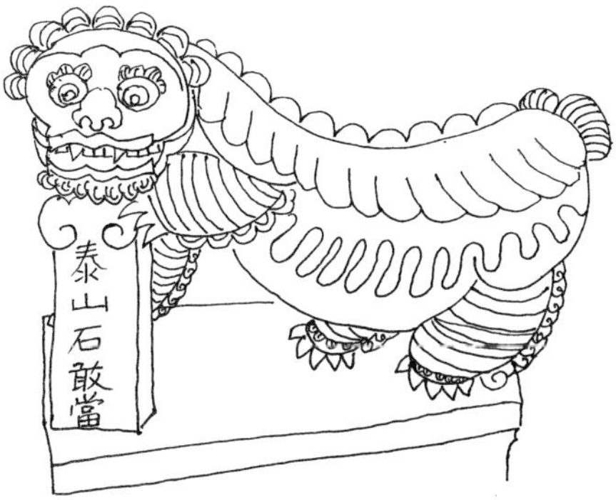

也有的地方，寄拜成了没有血缘关系的双方增强势力的一种办法。

农村更多的寄拜关系，是小孩子落水了，被人救起，对救命恩人，无以称谢，就以寄爸称之，其妻当然也就是寄娘了。还有一种情况是，孩子生病，百药无效，只有向隅而泣。偶遇良医，居然药到病除，或因病人家贫，良医不收分文，而使其孩子康复如初，情同再造，父母为表感恩，就让孩子拜良医夫妇为寄爸寄娘。故良医者，总有众多的寄子女。多者，居然有超过三十个的。

寄爸寄娘与寄子女的关系，一般都维系不长。刚开始几年，尚能如亲戚般相互走动，以后则逐渐淡化，直至无痕。

能维持久远的，都比较特殊，如寄子女与寄父母家的子女关系很好，下一代友好往来了，加固了原有的关系。如双方生活工作上有较多交集，关系自然继续密切。若一方热切，一方冷淡，肯定不会长久。更多的时候，是孩子长大了，双方便慢慢冷淡了。

亲子尚且如此，何况寄子？

送红包

送红包，是家有喜事时，来宾送给主人的现金礼物。现在这样的场合很多。以前，只有在婚礼上才出现。

红包是长辈给晚辈的见面礼。

送红包的程序如下：

新媳妇进门前后，主人会大宴宾客。宴席之上，新娘在新郎和主人夫妇的陪同下，作为家庭新成员，向参加婚宴者一一敬酒。酒宴结束后，新娘的长辈们，则分批被请到新房里喝茶。主人夫妇会重新一一介绍亲戚长辈的身份和两家的情谊，新娘要将泡好的茶（以前是桂圆、荔枝，现在为人参、铁皮枫斗等），放在红托盘上，双手端给长辈。长辈接下茶盏后，就将事先准备好的红包，放在红托盘上，送给新娘，并说一些祝福的话语：白头偕老、子孙满堂之类。新娘收下红包并表示感谢后，也会回赠如布料、补品甚至成衣给长辈。这些回礼，都是事先准备好的，如果是成衣，也都提前量了尺寸，使之合身。

红包的多寡，有多种考虑。一是长辈的身份各异，辈高者多送。二是长辈的经济实力，富者多送。三是原先对方送红包时的数量，礼尚往来，对等为上，但比原先略多。四是长辈中，辈分相似，亲疏类似者，送红包前都会协商一致，统一数目。这是新娘人生最重要的外事活动。

还有一种是乞丐送红包。不知是敝家乡的特例，还是各地也有。

一般情况下，遇到婚事，各方乞丐都会麇集于此，尤其是娶亲当天，主人施舍给乞丐的东西会多一点、好一点，绝不能让乞丐空手而去。乞丐这时会给新娘送红包，数目也不大，是五角、一元之类，相当于现在的五十元、一百元。新娘回赠红包，都会加一点钱，如五角变八角、一元，一元变一元五角、两元，乞丐以此得一点意外的收入，也是一种温情脉脉的“打秋风”。一个新娘是否慷慨、富裕，乞丐的传播也是蛮有说服力的。

如果新娘小气，或者经济条件不好，就原包奉还，不增不减。减少者，从未闻。谁都不想要被当成负面谈资。

当地有一句歇后语：讨饭人包红包，意思就是变相讨钱。

送月里

妇女生了孩子，亲友送礼，称“送月里”，或“望月里”。送月里，米面、红糖、鸡蛋是必需的，若送黄鱼鲞，则是客气。若有非娘家人再加送猪肉几斤，则是重礼了。

江南妇女可以说是全中国最聪明能干的人之一，平时风风火火，同男子同吃同住同劳动，唯一可以称之为优待的，只有坐月子。那一个月，只是照顾孩子，不用任何劳动，头包布帕，坐卧皆在床上，一天里五六餐地吃，尽可能地多吃高蛋白物质以催乳，谁都能胖上几斤。

娘家或婆家如果家境好，最高的境界就是“厨厨黄鱼鲞”（方言，意谓每餐吃黄鱼鲞）。

黄鱼鲞即是黄鱼的腌制品，捕上鲜鱼后，从脊背剖开，去除内脏，抹盐风干，以便于保存。这是过去没有冷藏技术的时代，东海渔民发明的一种保鲜术。它的好处是，保存时间长，烧法多样，风味独特。既可单独做菜，亦能为面食佐料，诚为菜中佳品。东海诸地，以台州“松门白鲞”最为有名。

当时的黄鱼鲞，并无塑料袋包装，外包厚厚的淡黄色稻草纸，上压一红纸条，稻草纸作菱形状，用麻绳捆扎，看上去稳重而大方。轻者两三斤，重则五六斤。因其贵重而体面，又不易腐烂，常常成为送大礼者的首选之物。因此，有的大鲞，送了三四年，依然在各家之间周旋，直至气味有些走样。

一般而言，媳妇生了孩子，亲友送来的礼物，包括黄鱼鲞，当然让媳妇享用。但有些小气的婆婆，或者家境贫寒者，则会偷偷藏起一些黄鱼鲞，倒也不是婆婆贪嘴要自己享受，而是考虑到以后亲友之间的人情往来，存一些以备不时之需。如果媳妇知道此事，自然会不高兴。

孩子长大了，十分健壮，祖母自豪，常常说出响亮的理由：这个孙子，月子里他妈妈吃了二十条黄鱼鲞。

媳妇带孩子回娘家见外婆的时候，则将这个数字翻上一番：吃了四十条。

隔代亲

外国称中国为秦，确有道理。两千年来，历朝皆行秦政，而其远交近攻的战略，亦深植于家庭之中。祖孙隔代亲，即是其一。

农村以前生孩子早，四十岁做祖辈，并不稀奇。年龄大一些，火气少一点，经历多一些，人也温和一点，看到新鲜的小生命，心里的柔情会比当年自己做父母时丰富。有的，则反思初为人父时对子女的种种严苛，会对下一代有种补偿甚至救赎的心理。于是当年的严父都会化作慈祖，成为小花朵们的遮阳伞。

有一老头，年轻时为了多挣工分，让儿子初中未毕业就去生产队干活，他儿子一直有怨言，认为若非父亲短视，他完全可以鲲鹏展翅，直上高中大学，人生的轨迹将全然不同。邻居长者认为，以他当年的成绩，上大学的概率比娶公社书记女儿要低：村里跟他同届上高中的有二十二人，考上大学的，仅有两人。而他当年的成绩，中等也没有。人生没有回车键，他坚信自己吃亏，委过于上辈，就像有时我们怪清朝太腐败才导致落后一样，也自有三分道理。儿子办企业虽小有成就，但老父亲一直心存愧疚。当第一个孙子出生后，老父亲即以赎罪之心，善待小孙子。从孙子上幼儿园开始，所有的接送，都由他一个人包办，当了全职的老书童，孙子自然与爷爷更亲。他开玩笑地对儿子说：我的儿子对我不亲，我要让你的儿子对你也不亲。

又一老者，年轻时重男轻女，一次大骂女儿后，女儿寻短见投了水，他从此郁郁寡欢。儿子结婚后，生了个女儿，老人大喜，大办宴席。对于小孙女，言听计从，从不说重话。一次，孙女犯错，儿媳倒拿着鸡毛掸子要责罚，爷爷护犊不让。儿媳不悦，盛气说，这也不管，那也不管，难道我抽烟你也不管？

爷爷认真地说，你抽吧！

从此，儿媳奉旨抽烟！

讲事

邻里之间、邻村之间有了纠纷，当事人无法解决，又不想让冲突升级，就需要讲事。

简单的，如自留地里的茄子被人偷了，南瓜被人摘了，要么一笑了之，要么由女人出面，公开高声骂街诅咒：哪个不得好死的盗贼偷了我的茄子，明天会被天雷劈死，被野鬼缠上身，被水鬼哄下水……

第二天，大家都没有死，说明没人偷过。这不需要讲事。

张三家，突然跑进来一只无主的猪，邻居也是知道的，张三只好把猪豢养起来，消息也传遍了全村。三个月后，邻村的猪主人李四听到消息，携礼来张三家取猪。不经意间说了句：我原以为被人偷了呢。张三大怒，坚决不肯还猪：清白一生，因猪被诬为贼，要李四赔礼道歉、恢复名誉。在邻居的劝说下，请人讲事。

参与讲事者，肯定是第三方，并且是双方都认可的。他们一般是村里比较有威信的人，或者村干部。一个方案有时可以立即通过，有时候则需要几轮谈判，主要是根据事情的复杂程度、当事人的性格而定。

张三与李四的讲事结果是：第一，张三是做好事，收留了李四的猪，并同家里的猪牲一视同仁，猪权平等，得到善待，而且还重了几十斤。李四对张三深表感谢。第二，李四说张三偷，确系口误，为此当众向张三道歉，并送酒十斤表示诚意。第三，李四的猪由李四领回，在张三家增重的补偿，以当时的肉价为基准，由李四给张三现金。第四，双方同意讲事条件，握手言欢。

这叫“走得进，走得出”，讲事人很有面子。如果讲事失败了，则是“走得进，走勿出”。

当然，如果是更大的事，则要去法院了。判决与讲事不一样的地方在于，讲事必须经双方同意，判决则是法官根据法律敲槌子说了算。

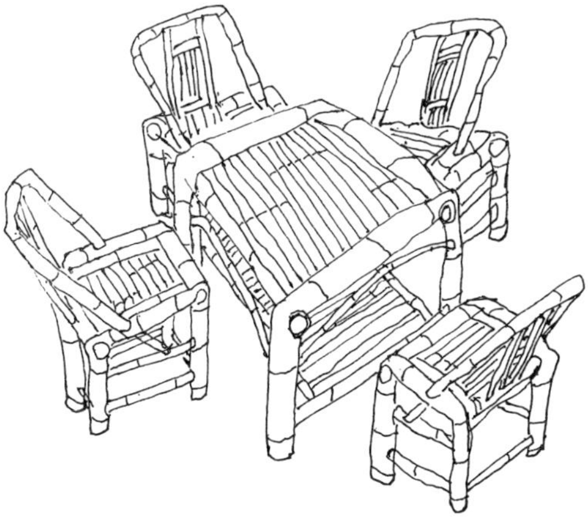

聚兵

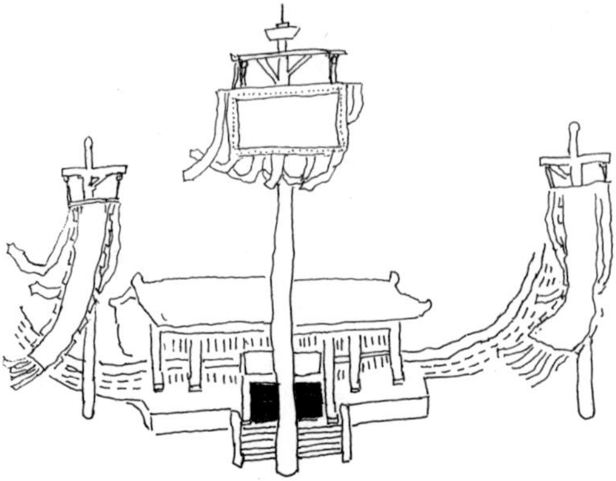

“聚兵”这个词，来自一本古书，是关于两国战争的，看到这个词，就想起敝家乡。

敝家乡民风强悍，重义气，轻死生，有古越遗风。男孩练拳是风俗。我小时候也学过几年南拳。清代天台还出过一个武状元叫陈桂芬。

因为民风强悍，宗族之间的械斗常有，专名叫聚兵。有记载的历史上，最大的聚兵是清代时许、褚两姓聚兵，然后各自联络宗谊，竟致大半县人卷入其中。

也因为民风强悍，天台出猛士，抗日战争时期当兵多，烈士多，是浙江的抗日模范县。最近的一次聚兵，是20世纪90年代，相邻两村之间动用了枪械，互有损伤，后被政府化解。

聚兵景象未能亲见，但对舅公所讲聚兵之事，记忆犹新。

民国时期，他所在的村，因为溪地纠纷，与隔溪另一姓村结仇，经第三方调停无效后，村里决定聚兵，一决死战。此事之所以产生，皆因村中青年某甲是好战分子，他家里穷，为了自己出风头，就以祖宗之地不可丢、祖宗荣耀不可辱为名，鼓动大家一战。许多穷青年被蛊惑起来，群情激愤，反逼族长表态。此情此景，族长已经无路可退，只得下令全村进入战争状态，即聚兵。所有家庭，按战斗编队，十五岁以上男丁必须参战，妇女全部被编入后勤保障队伍。订立血盟，在宗祠祖宗牌位前宣誓，并制定死伤抚恤办法。然后聚集吃饭，日夜放哨守卫。对方不甘示弱，亦如法炮制，双方进入战时状态。青年某甲决定在当天晚上鸡头啼时，带领敢死队员三十人突袭对方。

事实上，两村隔溪世代而居，距离不过三五里，互通婚姻已有数代，目前纠纷，无非是大水过后，因水改道而造成的冲积滩的土地归属不清，但历史上都有解决的先例，官方或民间都有一套普遍认同的方案，根本不需要动刀兵。

族长在青年某甲的挟持下，明面上主持部署突袭行动，暗中却让两个亲信去做两件事，一是让敌对村的上门女婿，半夜去对方通水（即暗中报信）。二是让人去县政府报告。

一场聚兵，终于消弭。

舅公说，青年某甲心存梁山，空有凌云之志，做不成晁盖、宋江，觉得无趣，愤而外出当兵，誓言必当师旅长衣锦还乡。后来杳无音信。

来去

敝家乡将男女有私情，称之为“来去”。当然，这两个字是翻译成普通话之后的意义词。原音近似于“来开”。事实上，它的本意是，没有亲戚关系而有庆吊来往者。两者区别在于，说正常的来去事昂首高声，说私情的来去事附耳低语。

我能听懂私情的“来去”两字，已是上学数年以后。那时耳朵灵，从大人的窃窃私语中偶尔听得，并逐渐领悟其中之意。一个小孩要学懂民间的语言，远比学习课本困难，因为没人会教你。如果提问，得到的，重的是一场栗暴，中的是一顿训斥，小的是一个白眼。对小孩来说，最好有一个《保护儿童提问法》，对提问内容不设禁区。

人们传得最多的，是区里、公社里干部们的来去逸闻，虽然无法求证，但并不妨碍它抵达每个村落，给平淡的生活带来极大的乐趣。好在没人来封口。反正美女干部故事多，领导干部是非多。

从大人的言谈中知道，村中有来去的男女有一些，只是都处于地下状态。哪怕骂街的人，也都避开这个疮疤不揭，只在背后议论。曾有一个村妇，与人起了冲突，骂得口顺，居然口不择言，将此事抖出，对方大怒，导致发生肢体冲突。最后以讲事结场。大家认为，是骂人者不对。因为她无法举证。不过，这些来去者，可能是心里有短，与人相处，都非常友善。

有一寡妇，家里有多个孩子，经济非常困难，常得一大龄青年的帮助，他们之间有了来去。一家男人常年生病，邻居经常接济，于是其妻同邻居有了来去。邻村一对夫妇，婚后数年不育，经查是男方原因，于是，女方临时与人来去，终得一子。

总体而言，人间来去之事，如吹开第一枝桃花的春风，如第一滴飘落下的夏雨，可领会而无踪迹。事涉阴鹭，一般人也从不在大庭广众之下宣扬。

唯一坐实的来去，只有一次，也是邻村最轰动的丑事。有一对男女有来去，被女方丈夫发觉。一天晚上，他们俩在野外的水泵房幽会时，双双被捉，被其夫和亲友裸体示众。在邻居劝说下，闹剧收场。人们背后谴责的，却不是那对野合的男女，而是那个捉奸示众的丈夫。人间万事，难言唯情。

寄信

乡间说起寄信，一般是指捎口信。如：我想寄封信给舅公，请他下市来望戏，村里有越剧团来，做三天戏。寄口信有顺便的，也有专人的。顺便的，则是市日的时候，到街上去，找到对方村或邻近村的熟人，将口信内容告诉他。

若事体重大，如老人突然病重，就必须通知到他远嫁的女儿；某人要结婚，时间已定，舅舅舅妈务必到场祝贺。这些事，必须寄信，但要专人上门，以示尊重。前者因为事情紧急，主家分身乏术，可以请邻居朋友代劳。带信人往往要走好几家亲戚，任务艰巨。后者的信，一般是当事人自己亲自去，表示礼遇和隆重。如果托别人，又无合适的理由，会被长辈责道理。责道理，就是长辈当面指出你的失礼并教训你。直接的后果，就是亲戚关系的疏远。

那时没有手机，电话是有，但限于县乡党政机关。如果是发消息到外县外府，一般是拍电报，一个字三分

浙江省天台县
赵宗彪

半，让识字的人拟好，到公社邮电所拍发——事实上，公社的邮电所也拍不了，他们收了钱，再打电话到县局，由局里拍发。

乡间生活，原本比较简单，婚姻圈不出三四十里，口信很方便。要写信的事，全村也没有几家。有几家新中国成立前有家人去了台湾、香港，几十年来从不敢联系。只有当兵的人家，一年里才会寄上几封信。但当兵的好事，村里也并非年年都能摊上。村里有个人去当海军，最后留在了部队，当了官，一年会寄几封信回来，他的母亲也去过北方的部队，成了远近闻名的大事。还有一个人在省城当工人，父母在家，一年里偶尔会有信寄来。

所有寄回来的信，都会被送到大队部。所谓大队部，就是村里小学老师的办公室。邮递员并非天天送，而是将积了几天的《人民日报》《浙江日报》等一次性送到，顺便将信件也带上。理论上，邮递员应该将信送到收信人家里，但理论常常同实践差好几百米。经常有信的人家，会过几天就问老师：有我家的信吗？老师记住了，会告诉她有没有；没记住，会去翻一下。

我上初中时，正好是1976年，大队部搬家。大队干部抬起靠在窗边的两张并排的写字台时，从其缝隙间，发现了几封积了厚厚灰尘的信，除了省内的，也有外省的，还有来自美国的。

白狗粮证

“白狗粮证”是乡人的戏谑说法，意指拥有吃商品粮资格的人，是一种身份。至于这四个字正确的写法，我问过老一辈，他们都知道这个读音，但均无法准确地写出这几个字。后来才知道，“白狗粮证”就是“划拨口粮证”。事实上并没有这样的一本证，如《第二十二条军规》一般。

几年后，我通过考上大学，有了“白狗粮证”。当时决定你是农民还是城镇户口的，是身份，即户口。没有这个户口，你即使离开农村到城市生活，政府也不会发给你粮票，也就没有“白狗粮证”。

村里有“白狗粮证”的人寥寥无几。村民中，20世纪四五十年代去了台湾、香港的有好几个，最后都杳无音信。在大陆的，只有十来个人有“白狗粮证”：几个在省城和外省的，是以前出去再也没回来的。一个在北方的城市，是帅哥，当兵转业留在那里，据说是被他首长的女儿看上后，做了上门女婿。一个在县里林场，50年代去的。一个在县城的缫丝厂，是最近招工的。还有一个在部队当兵，不知道以后是否会被提干。如果提干了，可以穿四个口袋的军装，就有“白狗粮证”了。

其他拥有“白狗粮证”的，就是村里的几个正式老师。他们中只有一个是本村的，另几个来自本县外村。

“白狗粮证”与农民的区别是，国家每月会给前者发24斤到36斤粮票，后者没有。后者的粮食由自己种出、生产队分配。当然，前者的粮食也是后者生产的，生产后以公粮的形式交给政府，再由政府分给他们。能发粮票的人，都有一份国家分配的工作，有一份工资，用工资加上粮票就可以买粮食。用粮票买米，每市斤是一角三分六厘。敝家乡，凡是称斤者，都是指市斤。因为这六厘，一斤就要一角四分，亏四厘，所以人们很少买单数的斤两。所有国营的饭店，如果买食品，都要粮票。一碗面，二两半粮票，一角两分钱。没有粮票，你出三角也不会卖给你。

当然，私下里有粮票买卖。那是投机倒把，犯法。

有没有“白狗粮证”，从衣着上、谈吐上，甚至气质上，大体都可以看出来。

拥有“白狗粮证”，是农村青年的梦，也是恢复高考后，我们被老师和家长反复灌输的读书第一推动力。

火柴票
壹两
肥皂
盐

脚力

脚力，本来是指人或动物的体能，在敝家乡，则是关系的代名词。比方说，某某人想买洋车（指缝纫机），一般人根本弄不到洋车票，肯定是办不了的，但他有一个远亲在县供销社当领导，有脚力，就办成了。

凡是金钱可以办成的，一般不叫脚力。

生病了，有钱的人能够到省城的大医院，得到好的治疗，康复了。没钱的人，只能在当地卫生所看一下，病情可能就耽误了。对前者的成功，则不算脚力。

当年知识青年上山下乡，到广阔天地大有作为，是指到边远地区，而有脚力的，可以到本县并不偏远的村挂个名，根本不用去劳动，照样算工分，不误招工、招干与推荐上大学，反而更早地受益。

有脚力的人，一般不讲脚力，只做不说。而没有脚力的农民，对有脚力而招工、当兵等事津津乐道。有些确有其事，有些则是子虚乌有。

一次，传说部队要来招女兵了，只招根正苗红的贫下中农的子弟，只要年轻漂亮、身高一米六以上就行，目的是为大领导选儿媳。一时间，家有漂亮女儿的人家都蠢蠢欲动，问大队干部具体情况，答曰不知道。问公社干部和区里干部，也不知道。公社干部也疑惑，私下里打电话问县革委会的一个朋友，才知道早在半年前，部队的文工团来招过人，但只限于在县中学上学的干部子女，目测了几个，都没有通过。选儿媳的事，倒是有，县领导的儿子不大聪明，就想找一个农村户口的媳妇。

老师在上课的时候，对我们说，不要相信什么脚力不脚力，你们读书，只能靠自己，别人谁都无法替代，谁的脚力也没用。

那一年的五月，区里举行作文比赛，各校四年级以上各送一个学生去参赛。我校去的几个，都是村干部的孩子。

洞里狗

“洞里狗”是老家方言，也叫窝里横，指在家无法无天，到外面则胆小怕事的小孩。以家里的老小居多，特别是上面都是姐姐的男孩，溺爱有余，一离开家人，便事事不能，缩手缩脚，反被人欺。

洞里狗的好处是，到外面都会服从强者，容易当跟班，寻求到庇护。上课的时候，特别听话，老师喜欢。只是提问时，即使知道了，也不大敢举手，怕答错了被批评。老师常常会点名并鼓励洞里狗发言，被多次表扬后，他会信心大增，常会有超常的发挥，让人刮目相看。

小学的时候，班里有好几个洞里狗的同学，我与其中一个关系很好。他成为洞里狗，除了在家被宠爱有加，在外不敢多说多动的原因，还是因为家庭成分不好，他父亲对他反复教导的结果。他的成绩很好。现在想来，这叫韬光养晦。初中毕业后，他就选择了外出打工。其实以他的成绩，应该是可以考大学的。后来他办了企业，稳扎稳打，从不盲动冒险，是个实力派。

同喜欢打闹的同学相比，洞里狗们因胆怯而比较安静，读书成绩好一点，少一些攻击性，与女同学的关系也更密切。

有的洞里狗，会变为洞外狗，关键在于胆子大不大。有一洞里狗同学，个头较小，力气也小，在家是老小，备受宠爱，吃饭时，必须吃一碗、盛两碗在面前，绰号“三碗”。刚上学时，被高年级同学欺负过，一直战战兢兢，成绩也不好。不料，二年级的时候，变成了另一种人，什么事都冲在前面，偶尔还会挑衅高年级同学，而且得胜居多，居然成了好斗的小公鸡。

他姐姐后来道出了原委：春节走亲戚的时候，与外村的小朋友嬉闹打斗，他手捏棍子落荒而逃，对手紧追不舍时，突然那位小朋友自己绊倒了，因怕洞里狗回头反击，吓得哇哇大哭。洞里狗突然明白，对手同样也是害怕的。从此，他的勇气从天而降，不但在洞里叫，在洞外也汪汪叫了。

啜柴

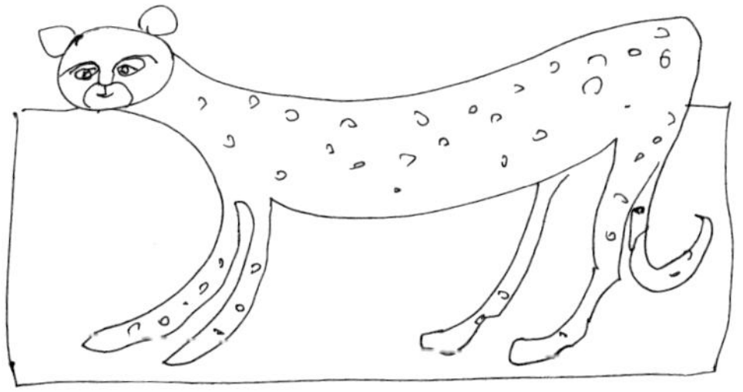

家长打小孩，叫给他啜柴。柴给孩子啜，都认为天经地义。那时小孩多，也调皮，一些小孩甚至“三日不打，上屋揭瓦”。男孩子们，被打的概率相对高。十岁以前，大人打娃只要不太凶，也不大有人劝。打得过分了，祖父母会出面帮助孙子说情，这有一个专门的词，叫“卫”（读音是“喻”），也可能是“护”或“围”，总之是深情护犊的意思。邻居出面说情，则叫“劝”。

有一男孩很调皮，家长刚拿了竹梢，尚未开打，他就边跑边狼嗥：“打死人了！打死人了!!”

打死人的事，没有听到过。因打孩子而夫妻争吵的事，倒常常有。

小孩被打的原因很多。多是偷吃了家里的东西，偷了五分钱买糖果，没有完成拔草的任务，将热水瓶、碗之类东西打碎了，等等。打他的目的，无非是让他受点皮肉之苦，记住教训。

打孩子，男家长打得少，女家长打得多。女家长虽打的次数多，但打得轻，并且常常欲打而未遂，棒未捉起，人已无踪。男家长打得少，但每打必成，打的质量高，一次就超过女的好几次，孩子反而怕。

有的家长，为了孩子读书好，会特地将孩子拎到老师面前，当面请求老师：若不听话，尽管打。

农村的家长，有着质朴的想法，认为父母和老师，是排在皇天、后土和皇帝之后的老四与老五，打权神圣，不容置疑。老师的地位，无疑高于村干部。有的老师，在怒气冲动之下，即便未取得家长授权，也会打学生，家长也不会计较，还会来当面感谢老师。回家之后，则会暗地里埋怨：到底不是亲生的，打得就是重。

为什么被打的孩子都没事？从来没有得抑郁症？因为他们的被打，几乎都和做作业无关，一放学，他们便如野狗般没了踪影。并且，被打的孩子都非常调皮，性格也外向，今天刚被打了，明天同样的错误照样犯，你奈他何？

男孩上十岁了，一般也不打了，农村父母的共识是，孩子大了，容易记仇了。事实是，调皮的男孩子上了十岁，已是可以闹海的哪吒了，托塔天王李靖尚且束手，何况普通的父母？

当然只好自找台阶服软。

现在称呼别人的孩子，都是宝宝，甚至三四十岁的女性，也会以此自称。

在农村，以前绝不会有人如此称自家和别人的孩子。

刚生下的婴儿，称乌娃，或乌娃囝。男的称囝，女的称囡。儿子多个，则称大囝、小囝，同《三国演义》里称孔融一样，对女儿亦同理。这是大家心平气和之时的称呼。

如果父母生气了，后果最严重的，首先表现在称呼上，大囝小囝立马变成“大小高炮鬼”“大小短命鬼”，一般是他们打碎了碗，放鸡时丢失了一只，甚至偷了家里的钱去小店买糖果吃。发生最后一种严重事件的，母亲都会去村里的小店责问，并警告，如果下次“大高炮鬼”来买东西，千万不要上当，不能给任何东西，除了盐！“高炮”在本地方言中，是枪毙之意。

如此凶恶的称呼，大部分只针对男孩。

次严重的，是逃课、没有完成拔草的任务、将别人的东西损坏了要赔偿，则被称为“海狗叼去”“天诛团”。海狗，在20世纪50年代末，老家森林被砍伐光之后，在当地就已灭绝了，是一种类似狼的动物，过去常常进村叼走猪羊，严重时也会叼走孩子。天诛，意即天打雷劈。这种情况确实有，在雷暴天，躲雨的农民偶有遭殃的，但从无小孩遇到。

最次的，则是“讨债鬼”“头世欠”的。头世欠，不但适用于小孩，也适用于所有女人的丈夫。这种称呼，情感比较复杂，主要是看当时的场合、语气的轻重而定。

女人结堆聊天的时候，一个永恒的主题，是声讨自家讨债鬼的滔天罪行，说他们没有一个是好东西。当时没有女校，怎么口径会如此一致？作为一个聪明人，是千万不能去附和的。

一个女人若大声对你说，这“天诛团”不会做人家（不会节约），昨天给我买了两盒“双宝素”（当时比较奢侈的保健品），还特地拆封了给我吃。你说气人不气人?!

标准答案是大声说：好福气呀！团会赚钱，又这么孝顺！

迎饭碗

迎饭碗指手捧碗筷，到人多的地方吃饭。

农村里饭菜简单，腌菜是长年的打底菜，豆瓣酱为常备的待客好货。其他的，则视季节而定，青菜、竹笋、南瓜、豇豆、茄子、冬瓜等，常常只有两三样菜下饭。看看各家所吃，饭菜大体类似。

春天的时候，缸中积米即将见底，大小麦尚是青苗，许多人家只能以玉米粉糊、番薯干粥充饥，根本就没有菜。加以小孩子多的家庭，房屋常常拥挤，小孩子们喜欢捧着饭碗到外面凑热闹。看看彼此的碗里，内容大同小异，心里也更高兴，对大人的怨气也就少了三分。

夏天的时候，几乎所有的小孩都会迎饭碗——图个凉快。吃饭的小孩甚至大人，都会左手托着一口碗，右手扒着一双箸，边走边吃，到人员集中的地方去。吃完了，回家添了饭，再捧着碗出来。有些成年男子还会穿着大裤衩，捧着饭碗出来。女人不会出来，认为有失礼

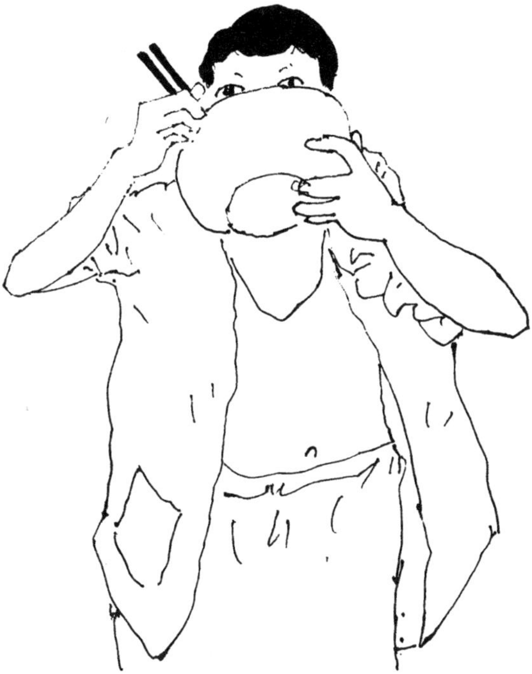

节，除非全家搬了桌子放在外面。

一般迎饭碗的地方相对固定，即是相对开阔、可以坐下的地方。春天的时候，在门前有阳光的屋檐头，主人会放几条木凳，供邻居们来聚会。夏天则会移师露天通风的所在，以便乘凉。冬天太冷，只能中午时在自己房子的门前，边晒太阳边喝稀粥，同时讨论讨论时政，为受苦受难的美国人民和台湾同胞发愁。

迎饭碗的好处是增强了孩子的认同感。坏处是，一边走一边吃，容易跌倒，不但饭撒了，饭碗也打碎了，十分可惜。

解决的办法当然有：给小孩子用的碗是碗头，这种碗用老毛竹做成，它有现成的底，再车成比较光滑的圆形就好了。这样的碗头，集市里有卖，当然比瓷器店里的瓷碗贵，但是它耐跌，掉地上只有饭菜损失，竹碗不会破，也伤不到人。碗头，一直要用到四五岁。

只有不用碗头了，才不算小孩了。

迎饭碗时，总有狗跟在小孩边上。不是它护主心切，而是它知道，如果孩子跌倒了，地上的热饭菜是不能浪费的，唯近者得食。

修行

敝家乡是佛教天台宗和道教南宗发祥地，宗教气氛浓郁。对和尚道士，均以修行人称呼，并礼遇有加。修行人积善修行，来世必登极乐世界。友善僧道，亦有功德。人们坚信：积德行善，会有好报。

农村生活艰苦。小时候，我没有碰到过一个满足于当时生活现状的男人，他们总是觉得日子太苦，希望投生到更好的地方去。女人倒是安之若素，她们将生活苦难的原因归之于自己“头世未修”。

农村的路，都是泥质，有些大路，会铺上一些石板或石块，能够以卵石铺就的，只有集市的街上、村里的天井、村内的主路。其他地方，下雨时常常泥泞不堪。如果路基高于田地，有时候需用石块砌起，当初筑路之时，确实费料费时费工。

但是，不管大路小路，一直都能保持运行，因为人们都自觉地做着修补的工作。

事实上，农村的田埂路，稍遇大雨，就容易部分崩塌。一般是谁发现谁修补，如果没人修补，则此路所在田地的主人，必定会出面修整。这是他的道义和责任。

有时候修路的工作量比较大，需要几个人一起，这时招呼一下，便会一呼百应。这不仅仅是因为所有的大小道路，是大家的共同所有，更因为所有人相信，这种积德的事，多做就会有好报。老天爷有千里眼，白天看，晚上也看，天理昭昭，谁也瞒不过他。大家都相信做了好事，积下阴德，会让子女有出息，也希望通过自己做的好事，让来世的自己过上好日子。一个社会，没有法律不行，没有敬畏则更不行。听天命，可以抹平心灵的所有苦难。

有一独自人（无儿女者），对做这种好事十分热心。聊天的时候，别人问他为什么这么热心，他说，我这辈子多做点好事，只求下辈子不做农民。

大家认为，他的这个要求挺高的了。

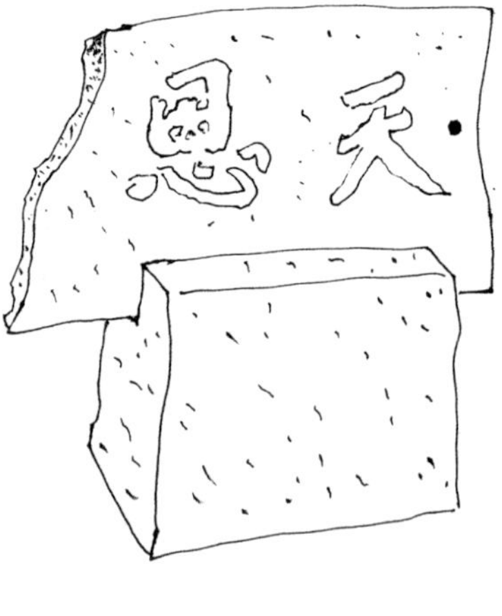

吃素

小时候，农村因为穷，普遍吃不起肉类荤菜，但是，声明吃素的人，很少。

一般吃素的人，以年纪大的妇女为多。上了四五十岁的妇女，大都做了奶奶外婆，田间劳动也不一定参加了，以在家做家务带孩子为主，基于吃素是修行的朴素理念，有些人会发愿从此吃素，以求得佛祖的福佑，并希望修得好来世。严格说来，她们并非油腥不沾，只是不再去吃鱼、肉一类，因为家里其他人还得吃，她在家还要烧饭煮菜，同锅吃饭，太严格也不大现实。平时，她们会花更多的时间去念经，初一、十五会去某个寺院庵堂做功课。

女人之间聚谈，如果有人诉苦，开场白基本上是四个字：头世未修。女人往往比男人想得远，上了年纪，考虑轮回的事就多了。本世艰难，是因为头世未修，那为了来世，就修本世吧。轮回报应的故事，她们常听别人说，也会向别人传播。年龄差不多的婆婆们，都会定期聚在一起念经，常年积累一些，以期清明上坟时烧给祖先。

如果亲戚或邻居好友去世，除了正常的人情往来之外，她们还会去送经，以超度亡灵。特别是“九龙会”的经更好，即九个人一起念某一种经，其中最好有吃素的，这样含善量高，功德更圆满，在阎王那里说话有分量。如果有条件，则请专业的和尚一起念。各种经有不同的用途，她们都不会出错。为了去寺院，她们即使走一二十里的路，也会双脚生风。

祖母不吃素，但热心念经，她常常组织信徒一起聚集念经，年纪愈增，积极性愈高。她仅读过半年书，却凭记忆，背下了许多经。据她说，这是佛祖让她记得的，并不费力。我在以后的读书中才知道，她当年说的因果报应等故事，在唐代的敦煌抄经里就有了。

吃素的老太太中，有个别的，会在晚年有反复。一个老太太，吃素二十多年，到七十多岁时，生病难愈，非常想吃鱼。其他的信徒劝她不要破了戒，她不听。她的子女遵嘱烧了鱼，她只吃了一口，就闭上了眼睛，安详地走了。

祖母说，她的子女是真孝。

盐卤

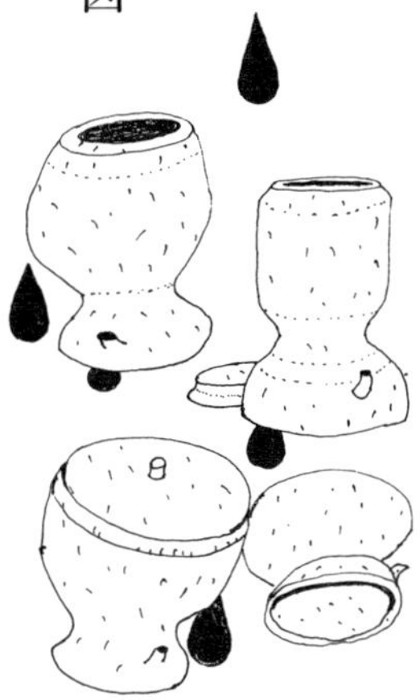

口渴啜盐卤，是敝家乡的一句俗语，与欲益反损同义。

现在购买的食盐，都是成品，盐缸也是塑料瓶或玻璃罐。过去是粗盐，盐的贮罐叫盐戽，为粗陶所制，更大、更高，分两层。上层如鼓，细腰，中有漏洞连下层。下为圆锥，内有贮斗，接承盐卤。

家乡靠近东海，吃的都是海盐，盐卤的产生并不多。有几家盐场，距离不过几十公里。童年时落市，常见一些老年妇女脖子上挂着巨大的肿瘤，那是以前缺碘落下的疾病。盐卤量少，一年积蓄，亦无一两。做豆腐时，邻居之间常会调剂有无，因为做豆腐关键的点卤水，即用此物。用数滴即可。现在各大饭店常以“盐卤豆腐”为招牌菜，其实无非是农村最原始的做豆腐方法，以区别于现在平常菜场所见的石膏豆腐。

农村生活艰苦，妇女更苦。江南人多田地少，在禁绝商贸和工业的前提下，人均不足半亩的土地，必须人人勤劳，方能温饱。而女人除了参加田间劳动，还要做饭、洗衣、带孩子，艰辛程度远逾男子，对生活的坚韧程度也远高于男子。如果婆媳关系紧张、夫妻关系不睦，真实的窦娥很多。中青年妇女寻短见的事，时有所闻。

我小时候听到的最悲惨的故事是，一对贫贱夫妻，因为吵架，女的想不开，一怒之下，跳入水渠自杀。其丈夫寻妻不见，忧愁数日，得知消息，亦投水自杀。留下一岁的孩子，无人照料。

妇女寻短见，常见有上吊、投水、喝盐卤三种。以后农药兴起，也有喝剧毒农药，如敌敌畏等。

喝盐卤的悲剧，一年里总会听闻几次。有的抢救回来，有的无力回天。也有的，命虽捡回来，但毒性未除尽，人落下了残疾。

对于自杀者，人们只能从不可知的冥冥世界加以解释：上吊者，是吊杀鬼缠身。溺水者，是水鬼的诱惑。只有喝盐卤，却无类似说辞。

人间悲剧，十之八九因贫穷。

诅咒

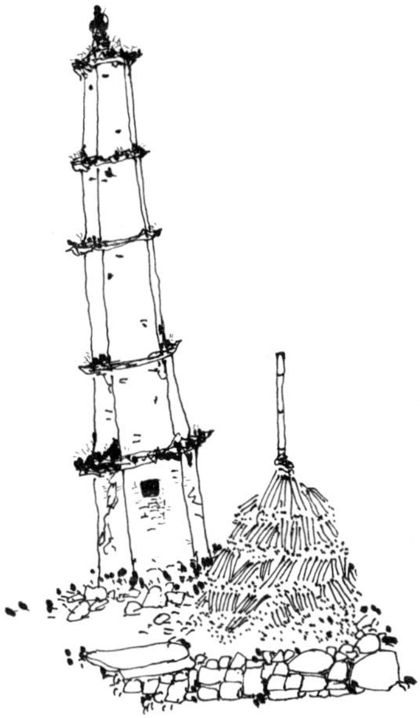

敝家乡天台县为江南越地，吴风轻吹，古越习俗更浓。千年的悬棺尚在，多神崇拜、放蛊害人、赌咒发誓的传说依然。城市化推进后，偏远的山村几乎没人了，原有的一些习俗，也随老屋一起倒塌消亡。如以前人们出行前，会向土地神上香，烧一种印制于纸上的纸马，作为福神之礼，以求保佑。这种纸马，目前在贵州尚有。我前几年去贵州的思南采风，还专门搜罗了四五十种。

20世纪六七十年代的故乡，诅咒之事，倒时有所见。

一颗种子长成什么，同土壤关系极大。愤怒出什么，因人而异。对读书人，愤怒出诗人。对不识字者，愤怒出诅咒。

诅咒不会无缘无故地发生。总是地里什么庄稼被人偷了，什么东西被谁损坏了，又没人来承认，更关键的是，女主人恰好心情不好，于是，她就借题发挥，出门诅咒，沿街走巷，边走边骂，直到骂累了才回家。

一般而言，这些诅咒，均无所指，属于对空诅咒。内容包含：为什么要骂？东西被偷。为什么伤心？为了种这些东西花了多少心血、多少辛苦。没良心的窃贼不得好死：出门遇到路鬼，过桥遇水鬼，进路廊遇吊死鬼……反正是老天有眼，必得报应。

如果她指桑骂槐，有所指认，又没有证据，被认为是诬告一方的女主人会应声而出，与之对骂，如果没有及时解劝，往往会从文斗变成武斗。不过，这样的情况极少发生。

事实上，出门诅咒的妇女，都是生活中的弱者。不是小孩众多无法再嫁的寡妇，就是丈夫懦弱受人轻视的穷女人，她们的出门骂街，是一种以攻为守的自卫。同时，也是一种情感的宣泄。她们的骂街，常常从叙事开始，最后变成叹苦和哭难。有的会变成越剧的唱调。这时候，要好的女邻居，就会出门将她劝回去。

最严重的诅咒是左手拿着木砧板，右手拿着菜刀，一边骂人，一边用菜刀有节奏地斫在砧板上，“笃笃笃笃”地响，让人毛骨悚然。按照旧俗，被这种诅咒击中者，必定当天去阎王殿报到。

只是这样的情形，从来没有发生过。而往往是，拿着砧板沿街诅咒的人，第二天自己生病了。

骂人，是本色演出，最容易透支体力。

加寿

乡谚云：只有上待落，没有下待上。意思是上下辈之间，上代的付出，远比下辈对上辈多。其中的加寿风俗，是其极端。

加寿，就是亲人之间，自愿将自己的寿元，通过道士的中介，加到另一个人身上，实现对方的长寿。在《西游记》里有这样的说法。我小时候，故乡有此习俗，也听到别人曾这样做过。

其过程是这样：某中年健康的父母，儿子却得了不治之症，药石无救之际，求之于神明，愿意将自己的寿命转移到儿子身上，以延长儿子的寿命。这个转移的手续，是通过道士的作法完成的。估计要过阎罗王这一关。

这样的事情，邻村之间时有听闻，不知效果如何。病人父母的想法，确实让人同情。

邻县一子，生重病，百医无效。算命人说，父子相克，两者只能存一。当夜，其父自尽。其子渐愈。闻者无不恻然。

有学者说，中国人的宗教信仰，是生殖崇拜，即以传宗接代为最高要求，故总是希望生儿子，希望子孙多。这是农耕文明的必然选择。农业生产，人力是首位，女人的体力比不上男子。加上历史上战乱频繁，百姓过安稳日子的时候并不多，为了生存，重男轻女也是不得已。我看电视里的《动物世界》，一群群的角马，为了生存而终日奔波，无非是求得一饱，我心中想起的，就是故乡的人们。人，有时还不如动物自由。

乡间夏天晚上乘凉，头对星空之时，文化不高的农民，也会成为哲学家。生命从何而来？人间为何多难？命运可否改变？死后可有天堂？灵魂究竟何处去？天天讨论，也从无结论。

有人认为，生死寿夭，早已注定，岂可随意改变。如果加寿可行，皇帝可活万年。有的说，父亲给儿子加寿是真心，臣子给皇帝加寿，只有恐惧，不可能有真心，所以办不成。

真心与否，大家认为最为关键。而鉴定人心的真假，人力又无法办到。问题总是陷入无解之中。

加寿是否成功，也无从求证。

噢魂

噢，敝家乡是叫的意思。噢魂，即叫魂。

大家认为，人的存在，是因为有魂的存在。但小孩子意志不坚，容易被其他的恶鬼诱惑，以致魂被他们偷走，只留下一个空洞的躯壳，看上去就懵懵懂懂，这时候，需要孩子的长辈去噢魂，让灵魂回来。

担任噢魂任务的，都是女性，是孩子的母亲或祖母、外婆。

当孩子显得无力、发热、没精神的时候，老一辈人会说，这孩子的魂到哪里去了。如果一天半天恢复了，那属正常。如果第二天、第三天还是昏沉沉的，打不起精神，就要安排一次噢魂，让灵魂回到躯体里来。

我小时候经历过好几次噢魂。

都是感觉昏沉沉的，很吃力，出虚汗，没力气。祖母去佛像前求过情，也讨来了香灰，并且已经让我喝下，第二天依然没有什么效果，于是决定噢魂。

噢魂都在黄昏时辰，祖母让我睡在床上，盖上被子休息，她出去噢魂。大体程序是，在米筛上放几碗供品，点上香，到各路口呼唤野鬼来享用供品，高叫我的名字，让魂不要贪玩，赶紧回家。让四处游荡的鬼魂不要误会了，快把我的灵魂送回来，家里人很着急。接着，向空中撒米和供品，表示给饿鬼们吃，希望他们不要再纠缠。

然后自说自话，说魂回来了。祖母到我的身边，坐在床头，叫我闭眼。边上放一盆清水，将毛巾包了半盏米，在我的头顶上一边旋圈，一边念念有词：魂灵回来了，百劫尽消。然后用手指蘸了清水，向我的头上、四周弹去。我就在祖母的咒语中睡着了。

魂大概是趁我睡着的时候回来的。第二天，我又活蹦乱跳了。

离老家不足一百里的一个山区，有一位四十多岁的文盲妇女，一场大病后，她突然说，自己能看到人的灵魂了。别人根本不信。邻村一小孩，突然病恹恹的，医院百计无解。农妇说，小孩魂丢了六分了，哪能好？家长闻讯，赶来求救，农妇答应帮忙。家长说了孩子的村名、姓名后，农妇说，回来了。问收费多少，答曰两块钱。家长回家后发现，孩子果然恢复了。

谁也说不清原因。

关魂

关魂，是通过一个灵姑，实现活人与死去亲人灵魂的对话。过去在乡间很常见。

亲人去世了，活着的长辈或晚辈悲痛欲绝，会梦到亲人，会有许多话要向亲人倾诉。

做梦容易，对话难。于是，有专职的灵姑出来，当生者与死者的沟通人。

有个女儿，关魂与刚刚去世的母亲对话，母亲告诉她，她有二百元私房钱，放在某个旧衣服的口袋里，衣服放在最矮的开箱的最底层。女儿果然找到了。

有去世的父亲对来关魂的女儿说，他住的屋北边漏雨了，很冷。女儿去父亲的坟头，看到北角渗了水，大哭。

有去世的婆婆对媳妇说："在我生前你对我不好，但你对我的孙子好，我不计较了，也没有在阎罗王前告你的状。"媳妇大哭。

更多的长辈，则是叮嘱下一辈，要家庭和睦，友善亲人。

去关魂的，大部分是女性。灵姑，也都是女性。

谁能做灵姑？都是某个中年村妇突然灵魂出窍了，倒地昏迷苏醒后，入了他人的魂，能够非常生动地再现死者生前的语音、动作。于是村里人便喊她为灵姑。灵姑称自己能看到别人看不到的东西，听到别人听不到的语言。

一传开，于是，就有人找上门来。

敝家乡，好像只有城北的白鹤一带常出灵姑，而街头一带没有听闻过。不知道是否与当地的水土有关，还是别有灵性存在。邻县一村，有好几个灵姑，据说有一个特别灵，常常有十几人等在她家门口。

即使如此有名的灵姑，通灵的效果，也难说。有的灵，有的不灵。这要看缘分。不灵，灵姑会说，那人的魂入不进她的身，她也没办法。有的时候，虽然入魂成功，但很快就走了，最后也无功而返。老人说，过奈何桥的时候，人人要喝孟婆汤的，自然记不得。

灵魂的事，只有天知道。

肆 田野志

双抢

双抢，指的是江南水稻产区在盛夏时节的“抢收抢种”农事活动，也是农民最苦最累的一段时间。人与土地的关系，以职业论，农民最深。农民敬重的神明，以土地爷为最。

江浙一带，是水稻的主产区。河姆渡文化遗址里出土的稻谷种子，就有六千多年的历史。收割水稻，同时种下稻秧，必须在最短的时间里完成。早稻成熟了，必须马上收割，否则会烂在田里发芽发霉；秧田的稻苗必须在有限的时令里种下，否则误了农时，影响晚稻的收成。那是农历处暑前后，也是最热的时节，又常常伴有台风和雷阵雨。除了卧病在床的人和不能独立行走的婴儿，江南农村的所有人，都会投入劳动。耕牛这一阶段也最辛苦。人们往往凌晨四五点钟开工，晚上天黑甚至九十点钟才能回家。割稻、脱粒、晒谷、收谷，翻耕、平整、拔秧、插秧、满水，每个环节都不能有差池。如果地里的黄豆也在同时成熟，则会更忙。因为黄豆成熟了不去收进，豆荚会炸开，黄豆粒会钻到地缝里，被土地爷收去，难觅踪影。

人民公社时期，每个生产小队都会根据水稻和其他作物的成熟情况，按轻重缓急，确定收割的先后顺序，安排劳力。这也是系统工程。田地到户后，则是各家根据自己的情况，与邻居或亲戚结成互助同盟，安排先后时间帮工进行。现在有了播种、收割的机械，效率高，更省事。

江南无闲田，江南亦无闲人。除了蹩脚蚀手的残障人士，青壮年下田双抢，老年人在家烧饭、晒谷、喂猪、带孩子。两三岁的孩子没有箩筐高，也会拿一根竹梢坐在晒场的树荫下，警惕如猎狗，不让鸡鸭和飞鸟来偷吃稻谷。只是注意力坚持不久，看到大公鸡狼狈又可怜的模样，孩子最后也成了公鸡的同谋。当时尚无劳动法，无年龄下限，七八岁的孩子都会下地干活。即使跌破了皮肤，用泥土一抹，很快也会愈合。孩童虽然出力有限，但十分认真。到田头送饭送水的使命，基本上也由他们完成。

耕田是男人和牛的事。邻居叶大伯是耕田的好手，他握着犁把子，指挥着水牛前进或向左向右，不后退。他很少打牛，倒是常常边劳动边和牛谈心：做人做牛都一样的，都要做。不做，哪有粮食吃。旁人开玩笑：你不能骗牛，牛不做，可以上山吃草的。叶大伯很生气，叱道：不能当着牛的面说！

做米面

敝家乡的埠头村，在人民公社成立以前有做米面的传统。村谚云：一斗米，一铁筛，可饱肚。指给一个人一斗米的本钱，让他每天做米面去卖，大体可以养活自己。铁筛为铸铁的圆形米线漏，是制米面的关键零件。做面很辛苦，赚的是辛苦钱。农民之所以买米面，是因为临时有客来，下面方便。一般以大米换面，比原米略有盈余，可以自用。

集体化之后，私人作坊全部被禁，全区做面干的任务，集中在公家的永福寺厂，大名叫天台县街头区粮油加工厂。

米面的做法，与前人无异，只是柴油机械的加入，减轻了人力。如磨米粉，用机器；捣粉与搅拌，用机器；压榨出面，也是用机器，实现了半自动化。至于晾晒、收贮，还是人工。以前米面由小贩上门零售，现在只能到厂里的门市部购买。

农民来买面干的时候，以市日最多，有的直接用钱，更多的则是以米来换，米以时价计，或者以一斤米抵一斤面，再加八分的加工费。能够买十斤、二十斤米面的人很少，除非家里办红白喜事。大部分人都是买两三斤，五斤算是大主顾。

人多的时候，排队会排到大门外的路上。

晾晒面干是力气活，还要随时看天气，不能让它淋雨。湿面干挂在竹桁上，一根根地抬出去，顶到人字形的晒架上。晒场是水泥地，所有掉到地上的面干碎，都会被扫起归仓。只有太小的碎屑，因无法捡尽，引来了大量的麻雀来觅食。为了在雨天可以晾面，厂里还有一个很大的晾房，四面有玻璃窗，便于通风，雨天便让面干在此阴干。

年少不懂的时候，有个雨天，我特地打开玻璃窗，放进几十只麻雀，然后关窗，一阵喊打，吓得麻雀乱飞，都撞死在玻璃上，我捉下了几十只，将它们洗净后带回家。祖母给我烧成了肉圆，但一直说，太罪过太罪过。

此后，我再也不捕麻雀。

腌菜

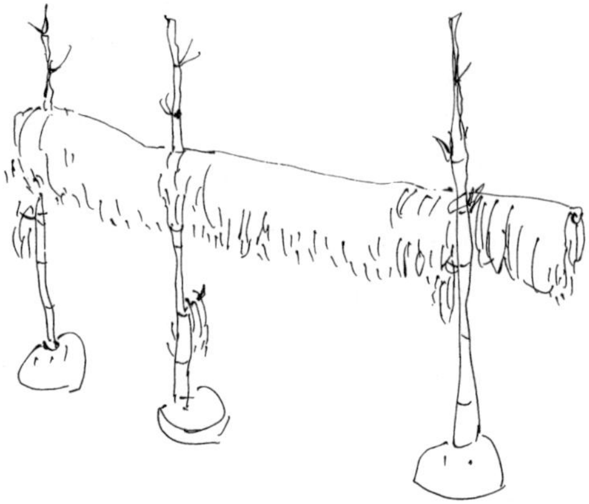

腌菜是动词，同时也是名词。对这个词，我爱恨交加。

腌菜都在冬天。一般是早上去菜园里割菜。将雪里蕻的鲜菜齐根切断，保留全株的完整，整株地洗净，从上午开始，倒挂在竹桁上半天，沥净水分，让它萎靡不振，到晚上，则可以腌了。

腌菜的工具是豆腐桶。所谓豆腐桶，即是高一米五左右的杉木桶，上面直径有两米左右，下端略窄，用毛竹丝或铁丝箍成，底端为防炸裂，往往以黑铁箍加固。

腌菜是一年里的大事。它事关全年的下饭主打菜，家家都十分重视。

种多少雪里蕻，在选菜苗时必须筹划好。平时对这些菜，祖母也特别上心，浇水施肥都比其他的菜细致。待收上时，这些雪里蕻都叶嫩梗壮。

腌菜的时间都在晚上，早早吃了晚饭，先搬出豆腐桶，洗净，放在堂前空旷的地方，将晾干的菜也堆到桶边，食盐也买了几十斤放在脸盆里了。

下一道工序是让我们小孩子洗脚，必须洗两遍，连膝盖都要擦干净，因为最主要的工作，是要我们跳到桶里，用双脚踩。这叫踏腌菜。

一切就绪后，母亲和祖母开始将有点蔫萎的菜放入桶底，平铺了一层以后，我们迫不及待地跳进去，马上踩起来。我们一边踩，母亲一边往菜上撒盐。刚开始，赤脚碰到冰冷的菜叶还有点痛，但是，劳动的兴奋让我们早忘了踩在盐巴上的硌脚，而是用力蹬、跳，分别用脚尖、脚跟敲，种种动作自由发挥。一层的菜踩得差不多了，再摊上第二层，再撒上盐，我们继续踩踏。踩多少时间合适？必须踩出水分，这是标准。

鼓励自己坚持踩的理由是，自己吃的那一份，最好自己完成。

当腌菜满到离桶岸两三寸时，就不往上放了。开始将早就准备好的卵石压在上面，这些石头都有十来斤重，密密麻麻地布在腌菜上面，下面是亮晶晶的腌菜水。

半个月后，新腌菜就可以上桌了。

小时候吃多了腌菜，天天吃，年年吃，实在厌透了。等我大学毕业领了工资，我再也不愿吃一根。

煤灰

秋冬季节，田野上晚稻、玉米、番薯、豆类等陆续收割完毕，树上的果实也渐次归仓了。田野更加空旷干净。孤独的木质电话线杆，站在凛冽的寒风中，发出呜呜的声音。乌桕树的叶子从艳如彩霞，到逐步凋零，枝头上雪白晶莹的果实，在北风中起舞，召唤着各类飞鸟，这是免费的食堂。

只有勤劳的农人，依然每天天不亮出门。除草积灰，即是其中的工作之一。

煤灰，就是焖烧草木灰。这个“煤”字，指非明火地烧东西，如同烧石灰状。煤灰既是铲除杂草的手段，也是积肥的良方。具体做法是，在一块空地上，将田间的干燥杂草清理成堆，点火冒烟后，外面用一层层带草皮的泥土层层封上，使其内冒青烟，外无明火。经过一两天的焖烧，馒头型的草木堆全部变成了灰色的高肥土。

秋冬的田间地头，会有一堆堆圆锥形如金字塔的灰

堆冒着青烟。小孩子们常常将挖来的番薯放进灰堆里煨，过半天再来吃。有时候，因为放置的地方不对，可能煨成了焦炭，或半生不熟。即便如此，它们依然是天下最美味的食物。

听老人们讲，有一种叫“叫化鸡”的美食，就是乞丐偷了鸡，闷死后，用泥浆将鸡囫囵包裹起来，放在煤灰的灰堆里，煨它至少一整天，到第二天再取出来吃。据传说，掰开后，鸡毛都粘在硬化了的泥壳上，中间只有鲜美无比的鸡肉，香气四溢。这种烧法，来头很大，都说是明朝朱元璋当乞丐时发明的。在乡间，很多不上台面的发明权都归于他。人们的心里，都住着一个朱元璋。

传说中的叫化鸡，老人们也没有吃过，可能本身就是乌托邦。读明史，有关朱元璋的事迹，除了他的天纵英明心系苍生，连乞丐的经历也没有留下一丝的痕迹。估计明朝时，讲这种话也是死罪。

1981年7月7日，我参加了高考，分数超过录取线。当时，村里正在包产到户，按人口重新分田分地。人多田少，村里问我的份额分不分。那时我的大学录取通知书尚未收到，但父亲相信我能考上大学，就没要。

到现在，我回老家，已是无田可耕了。煤灰的技术，倒还会。可惜没了用武之地。

水车

在柴油或电力的抽水机发明以前，人们要将一池塘的水戽燥，十分费力。20世纪80年代以前，农村的动力机械很少，车水大体上还是要靠人的手脚并用。其中木制的水车，是最重要的车水工具。

水车也叫龙骨水车，它的历史可以上溯至东汉。明代宋应星的《天工开物》里，有龙骨水车的身影。从宋至今，龙骨水车的总体结构并无变化。

顺水推舟易，逆水行舟难，何况是让水从下往上流。同与人斗相比，车水是人与天斗，当然更吃力。刚开始的时候，会觉得有趣，但是，双脚踩上十几分钟后，就如跑马拉松到了半程，双脚沉重，只能凭着本能在动。而且，车水的时光，都是烈日灼天，动一动就汗出如雨，不到半小时，肯定汗透衣衫，要像牛一般，大量地饮水散热。

车水是大旱天常有的事。农民基本靠天吃饭，抗旱抗涝的能力都极弱。即使是号称集体力量最强大的时代，所依靠的，也还是最原始的人力。20世纪70年代，始丰溪上游建里石门水库，动用的人力，几乎是全县的所有青壮年劳力。村北有一条引水渠经过，为了挖渠道，全村数百个农民，人人用扁担挑一双揭箕，每天劳动十个小时以上，花了一个多月的时间才得以完成。我作为一名小学生，在星期六和星期天也参加了挑土行动。这样的工程，放在有机械的当代，如果用三台大型挖掘机，最多三天即可完成。如此高强度的劳动，还是在当年吃不饱肚子的条件下完成的。

我前几年在一个乡村的陈列馆里，看到一架单人操作的小型水车，要用双臂摇动，这是山区农民的发明。

原先溪边有私人办的水碓，利用水的动力来推动巨大的木轮，可以磨粉，也能部分解决田地的用水问题。20世纪50年代后，各地都建了大大小小的山塘水库，截住了原有的溪流，下游的来水量大大减少，秋冬时节，常常断流了。这样的水力机械，因无人维持，最后都被废弃。

现在的一些风景区内，倒有巨大的木轮水车，用电力驱动，只当摆设，是拍照的背景。

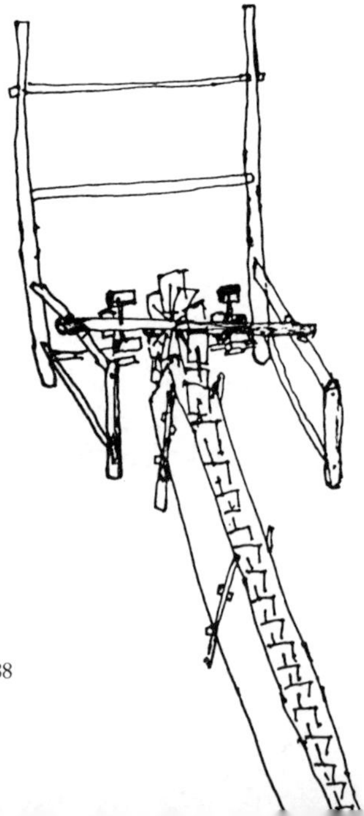

蓑衣

蓑衣是江南农民的标配。各种摆拍或自然拍的江南农民，都必须有此道具，否则，就有点对不住观众。就好像大红灯笼一样，挂遍了中国所有可以收门票的老宅。

20世纪70年代以前，在农村尚很少看到塑料布，春夏之际，农民下田干活，用来遮风挡雨的，是蓑衣，它是那时必备的生产资料。

事实上，江南的蓑衣，没有一件是用蓑草做的，原料都是棕榈丝。

我家祖宅南边两百米左右的两块土地，是家里的自留地，按祖母的意思，它们自古以来就是我们赵家的土地。祖母说，赵宅目前还有十几户，最正宗的，就是我们家。那片自留地，就是原先赵家宗祠的地基，被毁于“长毛乱”。但土地很黑，肥力很足，种什么长什么，似有神助。在这块地的角落里，长有两棵棕榈，从我能够单独抬起木梯开始，剥棕榈的任务，就被我揽下来了。

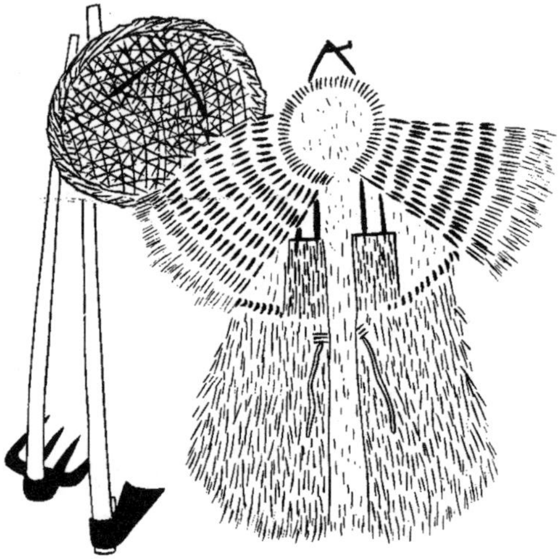

那时节，我还只有七八岁。

剥棕榈有专门的小刀，刀约两指宽，弧形，有一木柄。我把小刀磨得雪亮，除了剥棕榈，绝不作他用。棕榈剥下后，将棕骨剔除，先要晒干。棕榈骨纤维粗，不可做细料，捶烂以后，当垫料却很好。

棕榈丝剥下来了，要抽丝打棕绳。打棕绳有一种简单的设备，有点像纺车，需要两个人配合，一人摇转轮，一人车棕线。我和祖母两人就可以完成。

一件蓑衣的完成，需要二十多斤棕丝和棕片。

料齐了，可以请专门的师傅上门做，也可以送料到师傅家加工。一般农家，担心送料给别人，会被调包以次充好，不放心，因此大都请人上门做。

新蓑衣做好后，比旧的重。穿着蓑衣的好处是，除了遮风挡雨外，还有御寒的功效。穷人的冬天，蓑衣也当被盖。春秋之际，在田里干活，脚浸在水里，水寒彻骨，即使穿着厚衣服也会冷。但是，待出汗之后，厚衣服又是累赘。穿着蓑衣最好，方便又舒适。江南农民与蓑衣的感情，如战士之于铠甲。

在父母去世后，因老屋翻修，旧物清理，只留下少量的物品，原有的所有旧蓑衣，全部被丢弃了。

想想有点遗憾。

捣臼

一年里用到捣臼的次数虽少，但它又不可或缺。此物不是家家户户都有的。平时都被闲置在走廊下、大门后，盖上破草席甚至稻草，上面便成了堆放杂物之地，或索性直接放在天井的角落，任凭风吹雨打。

用到捣臼，有两种情况。

一种是月节到了，要用它捣米粉做糕。最大的节日是春节，在机器不普及以前，捣年糕肯定用它。20世纪80年代后，捣臼基本上被机器取代了。只有少数嘴刁的人，认定机器年糕品位低、黏性差，坚持用石捣臼来土法制作。这样的做法成本高，只有高档饭店里才有。其次的月节是清明，做带馅的咸味清明果和印上花样的甜味清明饼时，要将菁叶和糯米粉捣烂。其他的月节，不一定用到糯米粉作原料的食品，未必用捣臼。

另一种是办红白喜事，或者遇其他特别大的事件时。结婚、生儿子、老人去世，都必须捣麻糍。办麻糍饭，是敝家乡最高规格的宴席。一年吃过的麻糍饭越

多，越说明他有地位，人脉广，是地方能人，常坐主席台。能够说一年里吃麻糍吃厌了的人，如果不吹牛，肯定是乡村里可以“横着走的人”。即使是一个乞丐，也以能讨得一块麻糍为荣光。

邻居借用捣臼都是无偿的。只是借用后，用者会洗净，并送给主人一点食物作为谢礼。这谢礼，基本上都是用捣臼制作的。月节来临时，主人家会根据各家的情况，统筹安排大家的使用次序。

现在农村人口大量外流，捣臼用的机会更少。如果不留意，在乡村的角落里很难发现它的身影。早几年，我去瞻仰乡贤、思想家许良英先生的旧居时，在天井里发现两个带裂痕的捣臼，从磨损程度来看，当是百年旧物。捣臼上面长满了青苔，我觉得有趣，就顺手画了下来，和另外八张速写一起，发在自己的微信朋友圈里。2020年，许先生百岁冥诞，当地政府给他修复了旧居，却不见了捣臼。

根据我当年的速写，许家后人居然让当地政府寻回了原物。他说，这个捣臼，见证了许家当年的所有大事。

确实如此。凡是有捣臼派上用场的，肯定是大事。

捕鼠

农村里老鼠很多，除了养猫防鼠之外，还会买捕鼠夹、捕鼠笼和毒饵灭鼠，但是灭鼠的速度，永远跟不上老鼠的繁殖速度。农村广阔天地，真正大有作为的，只有老鼠。家鼠灭了，外面的老鼠也会来填补空白。

养猫的人家，家猫常常被人家借去捕鼠，只是过不久，又会有新的老鼠来。猫吃饱之后，再捉到老鼠，就不急着吃，而是将老鼠当成游戏的玩物，一会儿抓，一会儿放，待到自己兴味索然以后，再一口咬死，扬尾而去。每当我们看到这种场景，都会呼朋唤友地来看。这样的盛况，一年总会看到几场。

我做过几个铁丝的捕鼠笼，但效果不明显，最多时一笼同时捉到两只老鼠，那会儿我觉得可能是两鼠求食心切。现在想来，也可能是另一只见义勇为，为救鼠而入笼。父亲说，捕到过一只后，必须将捕鼠笼放在火上过一遍火焰，将老鼠的气息熏掉，否则，老鼠不会上钩。但往往是，里面的饵料被吃完了，而笼门依然大

开。或者是门关了，里面却空无一物。还有一种压死老鼠的简单捕鼠器，效果最好：一根粗铁丝作架，支一块木板，上顶石块，铁丝连着诱饵，老鼠一咬，石块压下。只是场面血腥，让人恶心。

农家放稻谷的木柜，很少有不被老鼠啃过的。有时候晚上睡觉了，会听到老鼠的啃噬声，披衣起床，用棍棒敲一下，噬声立停，但隔一会儿，钻心的齿噬声又会响起。

直到20世纪八九十年代，农村里木制的贮谷仓被铁皮桶取代，住宅改建时，钢筋水泥被大量采用，瓷砖取代了泥地、贴上了外墙，这些材料都比鼠牙坚硬，鼠患才断崖式地下降。

本村一青年，当年不知从哪里弄来了毒老鼠的饵药，在远离老家的集市上摆摊，以洋夹土说话，冒充外地人，生意不错。他的摊上有“祖传灭鼠良方”的纸牌。本村都知道，他家四代农民，无此行当，当然也没人去揭穿。后来，他慢慢适应了祖方传人的身份，就在本镇摆摊，放洋夹土录音卖鼠药，只是本村人从没人去买。

至于此药灵不灵，只能去问老鼠精。

土狗

江南农村，到处都有土狗。灰色的、黄色的、黑色的、白色的、杂色的，都有，土狗的学名叫中华田园犬，在农村，都叫它们为草狗、柴狗或土狗。博物馆中，两汉南北朝时期出土的明器里，就有很多土狗的塑像。

未进村庄，最先出来迎接的动物，肯定是狗。如果是晚上去，则是高低起伏的狗吠声。可以当作是欢迎，也可以当作是警告。这要视进村者的身份：游子归来或者远客来访，则是温暖。如果是行商进村，则会多一层警惕。村庄大，狗声雄壮；村庄小，狗声单薄。狗通人性，凡是村中毛发油亮的领头之狗，其主人也必是村里的首领。

过去农村都穷，农民一年到头，吃肉的次数寥寥可数，土狗自然也无荤可吃。一村的首领，吃肉的次数多，丢的骨头也多，其家的狗，毛发就亮。狗的嗅觉特别灵敏，凡是村里谁家有红白喜事，全村的狗众，不分阶级成分和雄雌老少，必然云集其间，等待宴席开始后吃客人们丢下的骨头。有时候，邻村的土狗也会低眉俯首地前来凑热闹，往往会遭到本村土狗们的集体驱逐。村里的主人知道了，也会操起锄头或棍子，一起为土狗们撑腰，越界的外村狗势单力孤，自然落荒而逃。

村里肉食少，许多人养狗，除了看家护院外，等狗养大了打死吃肉，也是一个选项。只是这个选项有点残忍。因此，爱狗的主人，也不忍心亲自打杀自己家的狗，吃自家的狗肉。有个小孩，自己家的狗被杀之后，哭着要跟父亲拼命。

每年冬天，总有一些不学好的小青年到外村偷狗，以毒饵引诱，甚至闷棍打死，偷吃狗肉。所以，养狗人家，冬天对狗就看得特别紧。

我上小学二年级时，豢养过一只黄色的土狗，非常可爱。这年冬天，土狗被人偷走了。我失魂落魄了一个冬天。从此，我再也不养狗。

跂桶

敝家乡称站立为“跂”。跂桶，是浙东一带专门给小孩子站立用的育儿工具，只适合于可以站立但还不会走路的一岁左右的孩子用。跂桶高到成人的腰间，上窄下宽，桶底在中间偏下一点，这是给孩子站立的地方。为了便于搬取，在桶的两侧，会有两个外挂的挽手。上端的直径约两尺，下端约两尺半。多为妇女使用，材质以轻便的杉木为主。

这种育儿工具早就消失了。不是它不科学，而是因为现在的家长舍不得了。

生产队时期，妇女育儿后，长的一年，短则三个月，就要参加队里劳动，双手抱孩子的时间有限，即使在家，还有烧饭、洗衣服、扫地等家务事要做，小孩会坐或站立之后，跂桶就是最好的安置地方。

跂桶的高度是小孩站在里面，脸部可以露出，双手也可以挽在桶沿上。站累了，可以坐下去。为了方便孩子随时大小便，桶底都有镂空的间隙，还可以拆卸，以利冲洗秽物。

跤桶总是放在母亲身边，或在她的视线范围之内，这样干活、育儿两不误，孩子也可以随时看到母亲。

刚开始，孩子站不久便要坐下。站多了，站立的时间也会增长。事实上，这是对孩子脚力的一种锻炼。

给孩子用跤桶的时间，一般也只有一两年，当孩子会走路，或者有能力爬出桶沿的时候，就无法用了。

前几年看到一则关于育儿的文字，说是北欧的某国，孩子的脚力普遍比其他国家高，原因是该国有一风俗：在孩子能稍稍站立的时候，就在地上挖一个坑，让他们站在土坑里。当年我们的跤桶，远比在地上挖坑要科学与实用。

我腿劲足，短跑一直比较好，个头也高，可能与婴儿时站过几年跤桶有关吧。

蠓虫挥与牛虻搭

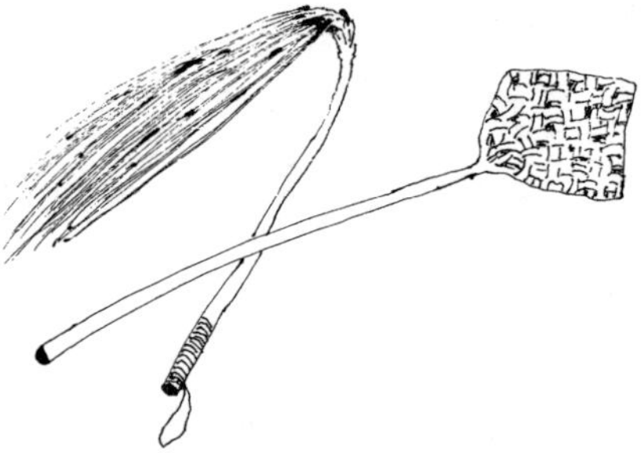

蚊子，俗语“蠓虫”，蠓虫挥即是驱赶蚊子的工具。其形状同现在电影里出世的高人手中的麈尾相似，只是它的制作更简单，是用带柄的棕榈叶制成的，柄长两尺左右。将棕榈叶坚硬的叶筋去掉，只留下软软的叶片，然后分成丝状即可。

农村青山绿水，空气清新，生态链绵长，有利于人的健康生长，同样也有利于其他动物的生长。老鼠、蚊子、苍蝇、臭虫、跳蚤、虱子，同麻雀、青蛙、蜻蜓一样活跃。这其中，蠓虫与跳蚤、虱子最让人头痛。

冬天的晚上最讨厌跳蚤。农村对付跳蚤，都用棉花浸上剧毒的敌百虫或敌敌畏药液，装在小玻璃瓶内，敞口，放在被窝里，晚上人蚤俱熏，不出三日，人没事，跳蚤全都死了。

虱子长在头上，用篦子很有效。阿Q能用牙齿将一只只虱子咬得哔哔剥剥响，一般人做不到。篦子只能治标，不能治本。治本的办法，就是用剧毒的农药六六粉洗头。洗时臭，洗后头皮爽。

夏天同蠓虫一道到来。驱蚊的办法很多，一是烟熏驱赶法。每年春夏，待艾蒿、薄荷长成之际，连根割下晒干，来年蚊子降临之际，则可以将它们和晒干的稻草或麦秆捆成一束，点烟迎候。浓烟到处，百蚊星散。烟不灭，蚊不聚。此法一般用于露天场合，大家在大树下、石桥头纳凉聊天时用。二是物理隔离法。就是挂蚊帐。那时的蚊帐都用苎麻织成，隔蚊而透气，硬朗又坚固，挂帐的竹竿没有两根大拇指粗细，恐怕承受不了全帐的重量。一般一顶可以挂几十年，若有破损，也以修补为主。同它相配套的，还有一把蠓虫挥，如道士的拂尘。晚上睡觉前，以此将蚊帐内的蚊子驱赶出帐，以保证一夜的安稳。

这个蠓虫挥，平时也可作随身驱蚊之用，如躺在竹椅上时，以此赶蚊杀蚊。挥把到处，处处血丝。

为牛服务的，则有牛虻搭，与现在日杂品店售卖的塑料制苍蝇拍相似，是用棕榈叶做成的，柄更长，拍面更大。一年下来，一个牛虻搭从青色变成了暗红色。至少，它饮下了数以千计牛虻的血。那时候，我还没有读到爱尔兰女作家伏尼契那本让人热血沸腾的小说《牛虻》。即使读过了，面对吸牛血的牛虻，我肯定也不会手软。

雕花眠床

农村的雕花床，都为结婚而备。做人一世，床上半生。对床，自然重视。

故乡天台是山区，盛产木材，人多地少，故各类工匠众多，因此历代有很多民间艺人，从事木雕手艺以外出谋生者众。现在比较热门的榫卯结构“一根藤”工艺，即是其中的一个代表。在一般的古床上，都可以窥见其身影。

床分为两类，一类是旧的，一般是20世纪50年代以前的产品，远的可以上溯至清代早期，甚至明代。它们往往已流传数代，尽管旧，但木料好，雕工精美，用的是大漆（山漆），历久弥新，有一种典雅与庄严的美感，可以作为数代儿孙的婚床。另一类是新做的，距今半世纪内，在木料、雕工上，根本无法与旧床相比，雕刻的内容也各有不同，有的模仿古床，有的体现新时代的审美，用漆也少有山漆。如果用桐油，已是不错。同古床比，明显简陋寒碜。不过，如果同现代的三合板高低床比，则俨然是艺术品了。

新旧两床，体现了时代的变迁。古老的花床，如果曾停留在出身不好的人家，一般上面的人物雕刻都已被斩首。这是特殊时代的历史遗存。

20世纪90年代，海外掀起了一股收藏中国旧家具的热潮，大量的农村古家具，如桌、椅、几、窗、花板，直至整张眠床，还有成栋的古宅，都成为中间商的搜罗对象，大量旧物以集装箱形式流向海外市场。

21世纪初开始，国内喜欢古旧家具的人逐渐增多，农村老宅里有旧家具的人，也知道了价值，即使不用，也待价而沽，或者干脆不卖。

老家有一张雕花眠床，是祖父遗物，造型简朴大方，虽然大漆剥落不少，但依然暗红有光，很有神采，如老贵族一般，架势不倒。这张古床被留作客床，更多的，是老家的一种装饰，看到它，就会有祖先的历史与我同在的感觉。

这种感觉，现在的新家具是没有的。

稿毡

如今在收藏界价格日益见涨的旧雕花床，是原先农村的寻常家具。它占位较大，几乎占了半间屋。但是，直接用床板的却很少，一般人家的床板是在木横档之上卡进老竹檩条，竹檩间隔都有十厘米之远。以当代人的眼光看，这样的床板，如果铺上棉被，肯定不会平。事实上，这样的床板檩条之上，必须要再铺一层厚厚的叫稿毡的卧具。稿毡之上，再放垫被席子。

稿毡就是稻草床垫。稿毡的原料是精选的高脚稻草秆，一般用秋天的晚稻或者单季稻，将其去包衣，晒干，剪去稻头的芒刺，然后请专门的师傅上门来做。

师傅在上门之前，会先提很多要求，如对麻线的要求，对稻秆的要求，因为这不但关系到稿毡成品的质量，也会影响到他的声誉。

师傅的专业水平很高，他们做的稿毡，厚度不过两三指宽，长短阔窄刚好，松紧适度，平整光洁，一手摸去没有毛刺，可以随时卷起晾晒。一般只有结婚人家才会有如此的排场和精致度。

师傅上门，除了工钱，还要有好饭菜招待。一些人家没钱，就只能自己动手做。

自己做，因为没有专业水平，又没有合适的工具，对稻秆的要求也没有专业人士那么高，自然在品级上就差几个档次。

雕花床铺了稿毡的好处是，保暖又通气，可以随时翻晒。以前小孩子多，尿床是孩子的标配，除了翻晒被褥，稿毡同样积尿，臭气冲天，也要翻晒。平时压在最下层的它，也得以常常朝见阳光。

一条新稿毡，如果没有频繁的尿灾侵害，用十年也没事。但一般新稿毡的寿命，都不会超过五年。孩子们的尿力，最显示无坚不摧的生命力。所有的稿毡，都从积尿渍的地方开始发黑、变软、变薄、烂穿。

不过，只要有稻秆存在，做床稿毡还是容易的。只是孩子成人后，有的父母还会以当年家里用坏了多少条稿毡，当作向孩子问罪讨孝的铁证。

我听到的最高纪录是十条。只是这样的声讨缺少佐证，就像要证明孙悟空是孙权的后裔一样，有点难办。

蒲团

做蒲团是我小时候经常做的，也是引以为豪的事。

晚稻收割之后，秋意更浓，农村开始进入稍稍悠闲的时光，大家的节奏都慢了下来。勤劳的人，会做一些不急但是为春天播种准备的事，如煤灰备肥、修筑破损的田埂、崩塌的水沟。

朔风劲吹。晒在田野的稻秆，也变得干燥了。这是做蒲团的好时机。

蒲团的用途，是御寒。

农村的坐具，无非是木头做的木椅、长凳、矮凳，竹子做的高脚椅、矮脚椅、竹矮凳，还有就是石头做的固定于阳台屋檐下的条石、石础等。冬天时，为了保暖，最好在这些坐具之上，放上比较暖和的垫子。稻草做的蒲团，于是闪亮登场。

我最早做蒲团的时间，已经记不起了。对凡是能够动手的东西，我都非常喜欢。待到稻秆干燥，我就在祖母的指导下做蒲团。一种是比较精致的蒲团，我迟几年会做，主要是将稻秆的包衣去掉，留下金光闪闪的秆子，将它们编成宽约三四指的小辫子状，严实地卷起来，再用麻线固定，于是直径大约两尺的蒲团就形成了。它可以直接放在椅子、凳子、石板之上。另一种简单，不需要去除稻秆的包衣，只要选择长度相等、杆梗坚韧的就行。原理也是一样，将稻秆编成辫子状，只是辫子有一尺半尺宽，再将辫子卷起来，固定的不是麻绳，而是更长的稻草绳，在外围将它捆扎。捆扎最关键，必须尽可能地紧致，使之坚牢。这种蒲团高有一尺半尺，好处是软，如后来的沙发，坐几次以后，就会变成扁平，但是依然非常暖和，一屁股坐下去，深陷其中，常常不想起来。这种蒲团费料大，占地方，通常只是放在室外的石凳上，或者直接放在屋子的角落，上不了台面，却是我们小孩子们争相抢夺的坐具。

为了方便，我每年都会做十几个，每次做得满头大汗，又热情高涨。

时间久了，这种蒲团会被坐散掉，这时候就要重新捆扎。只是坐塌后重新捆扎的蒲团，不如以前暖和。一般就直接将它拆散，丢到牛栏里去，给牛当被褥了。

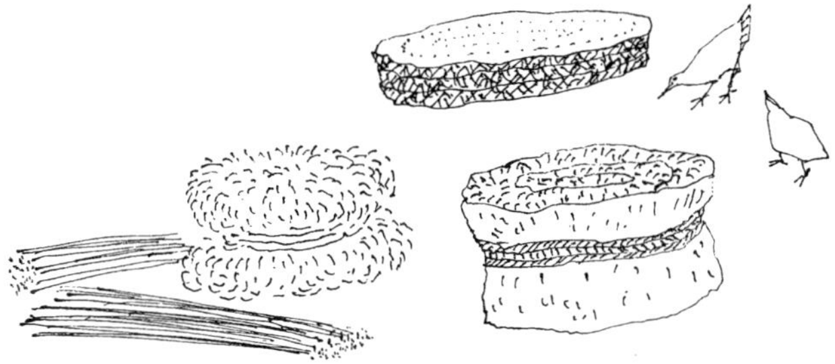

的当

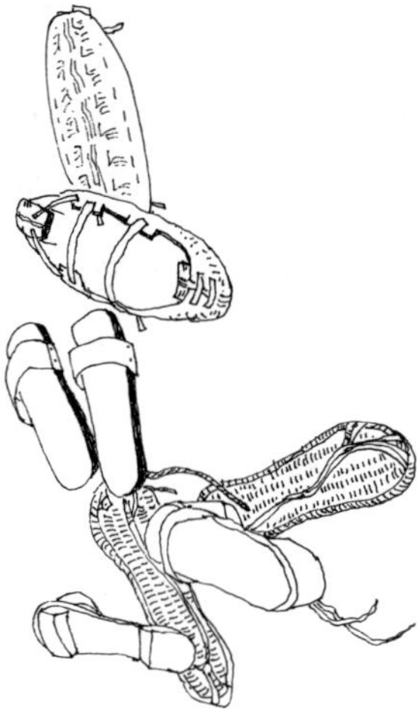

我记忆里，比较难忘的鞋有三种，一是的当，二是草鞋，三是车胎鞋。

的当就是木拖鞋，分两种，一种是平底，一种在木底下的前后，再钉上两块三寸高的木块，发明人是晋代的谢灵运，书上叫谢公屐。我们乡里，以声命名，都叫其“的当”，因为穿着它们走路，会有“的当”之声。它的构造非常简单，就是在木板的前端，钉上一根布条或带子，即可使用。偶有巧手人，则会做人字状的带子，在大脚趾与二脚趾之间，打一个洞再穿绳。在塑料拖鞋出现以前，它是我们夏天最好的鞋子，只是行走不快，男孩子宁可赤脚，也很少用。

底下有两木块的的当，很少被当作雨鞋用。冬天时，偶有见加高的的当与暖棉鞋捆绑使用，以过泥泞的雪路。

现在在日本的电影里，倒还有它的身影，只是他们做得更精致，名字也不叫的当，叫木屐。

草鞋在我童年里很常见，主要是上山去的时候穿着，它的好处是防滑，有一定弹性。我会打草鞋。它需要一个简单的草鞋架，以麻绳作经，以去皮搓软有韧劲的稻秆绳原料作纬编织。为了美观与增固，纬线可以编入一些各种颜色的布条，当经线的麻绳亦可有多种色彩。一个晚上可以做很多双草鞋，新草鞋比较硌脚，需要用木槌反复锤打，让它软化。当代反映红军的电影中，亦常有草鞋的镜头，好像江西的草鞋也与浙江的一个模样。

外出一天两天，人们往往会多带几双草鞋，以防不虞。

车胎鞋是草鞋的升级版。就是将旧的人力车轮胎的外胎，剪成脚板的形状，再用橡皮条作鞋带，形状如敞篷船。好处是耐用，可以用半年甚至一年时间，但同草鞋比，它的防滑性差，最关键的是要花钱买。因为敝家乡不产石油，也无法种植橡胶，无此原料。车胎鞋只在乱花钱的青年人中流行，这是当时乡村青年同当代文明联系最紧密的一种生活方式。节俭的老农，还是喜欢草鞋。

我上初中的时候，世界已经变化。家长和老师都说，好好读书，可以穿皮鞋。不读书，只能穿草鞋。

老师不知道，几十年后的当下是，买皮鞋容易，买草鞋难了。

这世道！

烟盅

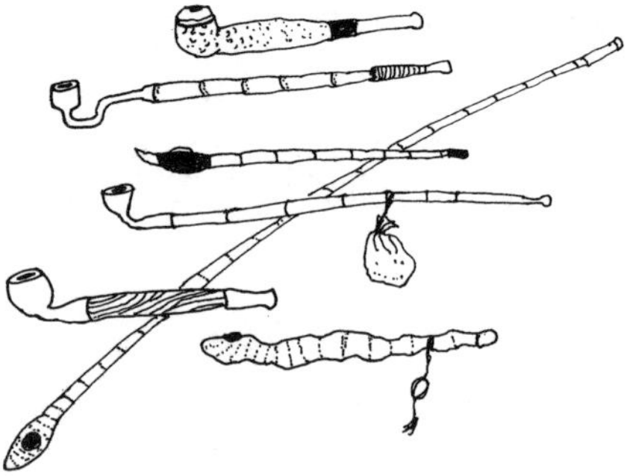

游戏是打发空闲时光的最好方法。哲人说，没有游戏，就没有文明。丰子恺先生说过，人只有在游戏的时候，才像一个人。农村里物质条件匮乏，游戏只能因陋就简，但仍然丰富多彩。

抽烟是成年人的游戏。

那时候，纸烟在农村望不大到，老人们吸的都是旱烟。烟草是自己种的，烟叶成熟后，摘下晾干，再刨丝即可。

烟叶大同小异，烟盅却千差万别。

老年男人都有一根烟盅，长的超过一米，短的不过十来厘米，以竹制为主，间有红木、黄杨木，关键的差别，在于烟杆两头的烟盅和烟嘴。烟盅相对简单，有的是黄铜，有的是白铜，有的是铸铁，最不济的，则是烟斗与烟杆连一起的，只嵌一金属的钵头，以防烧坏竹木质地的烟杆。

最讲究的，是烟嘴。它是入口之物，也是身份的象征。黄铜、红铜、白铜、白铁属于常见，难得的是碧玉、红玉、黄玉所制，油汪汪的。更讲究的则是烟杆中间吊玉坠或铜钱，烟雾袅袅，玉坠摇晃。

与此相配套的，则是烟丝袋、打火石等。我懂事的时候，看到的引火物都是火柴，偶尔有用打火机的人，已属新潮。能坚持用火石的，只有少数几个老人，他们对自己的打火功夫自信满满。

闲暇时间，男人们会聚集在一起吸烟、聊天，如果是冬天，时间会持续半天。大家相互交换各自的烟丝，讨论烟杆长短的好坏，品评什么样的烟嘴更舒服，加入或荤或素的笑话，在愉快中度过闲暇的时光。至于抽不抽烟，根本不重要。有的人，只是拿着烟杆，在说话时指天画地，一天也抽不了三口。

有一位老者，德高望重，平时很严肃。他的烟杆很长，烟嘴是黄玉，烟杆从不离身，也不给别人摸，只有喜爱的小孙女例外。有人教唆他的小孙女，将烟盅中的烟油抹在黄玉的烟嘴上。爷爷不知有诈，随即入口，被辣得跳起来，自己也跟着大家大笑。

这些带着男人体温和故事的烟斗，一般都在老人故世后，作为他最喜爱的东西，伴随他们去了另一个遥远的世界。

补品

田间劳动非常艰辛。传统农耕，庄稼都长在地上，大部分的作业都要弯腰。农忙时节，一天十多个小时的高强度重复体力劳动，加上饮食的时常不周，甚至吃不饱，体力总是透支。农民常常是未老先衰，甚至活不过六十岁。

为了能够劳动，在重活累活特别多的时候，哪怕是一般家庭也会尽量给男劳力吃饱吃好，以保证健康与正常的干活。生活中，真正需要吃补品的人，反而吃不上。

农家最常见的补品是鸡子酒。

到小店买两三斤黄酒，烧热，打入几个鸡蛋，在蛋黄似凝未凝之间，将酒与鸡蛋舀出，趁热吃下。

更加奢华的，则是杀一只鸡，或再买一点猪肉，烧一锅肉，煮一锅米饭，让人饱食。

农村许多人生病，并非恶疾，而是因吃不饱且过劳所致。

邻村有一个农民，参加公社修水利劳动半个月后，病倒了，人都站不住了。干部说他病了，让他回家。他的老婆比较能干，一看就说，这是累过头，又吃不饱，人虚了。当天借来两升米，杀了家里的一只母鸡，烧了给他一个人吃。第二天又如法炮制，三天后，这个农民就恢复了健康。

祖母与父母亲，除了晚年，都没怎么生过病，他们坚信，只要吃得饱、睡得好，人并不需要补品。祖母只认有食品，不信有补品。她的口头禅是：吃千吃万，吃粥吃饭。

父母亲更绝，凡是讲到滋补食品，一概称之为骗人术。

前几年，各路骗子打着普及科学、长寿养生的旗帜下乡，以小恩小惠作前导，推销各种保健补品，专骗留守老人。同村的老人，多则上万，少则数百，都去付了养生的学费，只有父母亲，没有上过一次当。

罐头

在20世纪七八十年代的江南农村，罐头食品还是稀罕物。它是探望亲友、慰问病人时最体面的礼物。铁罐装的少见，多的是透明玻璃瓶装的，圆鼓鼓、矮墩墩，里面大多是洁白的荔枝、橙黄的桃肉、丝络清晰的橘瓣、带上小麻点的梨片，它们从液体里透着光亮，显得一清二楚。我们也知道，那里面黏稠的是真正的糖水，是白糖溶化的，非常甜，完全不同于加在馒头里骗舌头上当的糖精，多看几眼，都会流涎水。

在食盐、白糖、糖精、布匹、火柴、肥皂、煤油等所有的生活用品都需要票证的时代，物资非常匮乏。穷人亲戚少，不是穷人感情淡薄，而是联络感情需要成本。过年的拜岁，相互之间送礼，无非是馒头、粽子、麻糍等食品，容易置办。而平时谁家有人生病，知道了总得去探望，拿什么东西去，颇费周章。

比较平常的探望病人，伴手礼是一斤红糖，店家会以厚厚的稻秆制作的粗纸包扎，下宽顶窄，远望如箕斗状，上面压一条红纸片，麻绳四方扎紧，如红顶官员，很是威风。不拈手，都以为有两三斤的重量，十分体面。后来时兴了白糖，包扎也新式了，直接倒进一斤装的纸袋中，将上面长出的纸向内折盖，再用红色或白色的尼龙细绳捆紧，非常结实。它价格比红糖贵三分之一，但包装后的体积，看上去只有红糖的三分之一。老派的农民，还是习惯于买红糖送人。不仅因为红糖省钱，还因为前者好看、气派。年纪大一点的，恋旧，坚信红糖的营养更好。

相比于白糖和红糖，罐头则更时髦、更有面子，被探望者也更重要，或是重症患者。如果医生告诉家属：这个病是没办法了，他想吃什么就给他吃什么吧！这时候，病人家属十有八九会去买罐头。亲友知道了消息，一般也都送罐头。有些病人看到亲友送的罐头，便明白了自己的处境，反而吃不下了。

也有想得开的，知道无药可救后，反而放下心来吃。一吃二吃，吃了几十个罐头，人才没了。大家都说，他真是值了。

有的罐头送来送去都舍不得吃，结果过了期。但是，也照吃不误。没听说吃过期罐头吃坏肚子的。当然，吃坏了，也不好意思说。

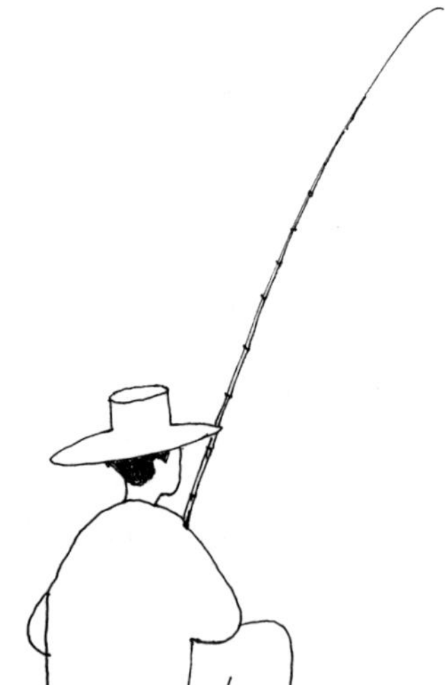

伍 少年志

链条枪

拥有一把链条枪，是我童年最大的愿望。

那时节，玩具从小鞭炮、陀螺、玻璃弹珠、柿娘、鸡毛毽子、布包，到木头手枪、弹弓，似乎层出不穷，一件未厌，新的就已来临，如当下苹果手机的更新换代，让人应接不暇。

链条枪的出现稍迟一点，当是我上小学之后。它除了有一根简单的钢丝作骨架外，关键的零件是自行车的链条，动力当然还是橡皮筋。链条枪最大的好处是，它的子弹是没有点燃的火柴梗，扣动扳机后，不但会发出响亮的声音，闻到真正的火药味，而且火柴梗会从枪口射出三四米远，如果顺风，会飘出十来米。

村里一个高年级的同学有链条枪，他立马变成了全校最有名气的人。从只给好朋友看，到只给好朋友摸，再到给好朋友打，他的各种套路同一些商业大佬们的营销策略有些类似。看枪、摸枪、打枪的交换条件，无非是食品、火柴、当跟班和代抄作业。一星期后，他以非

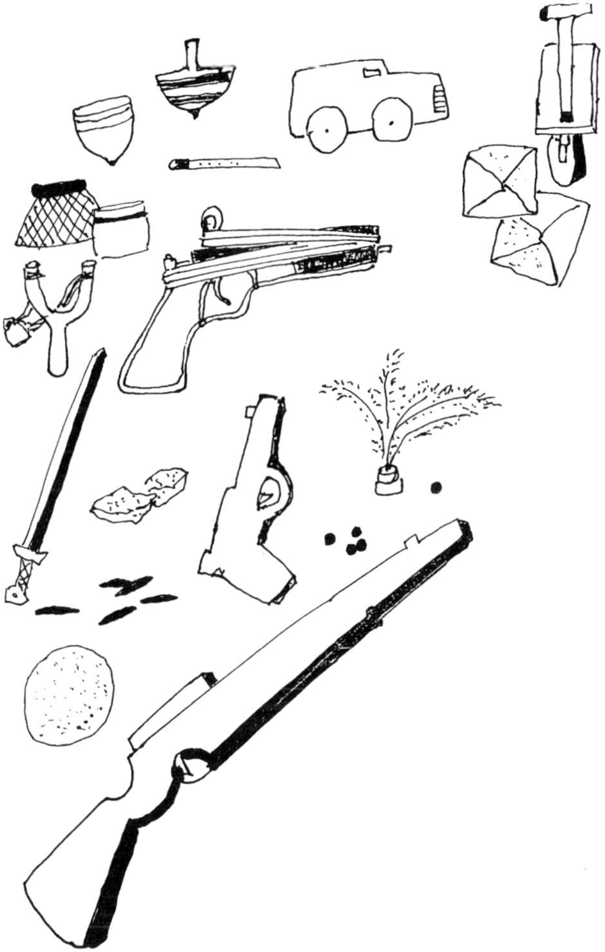

常昂贵的价格把链条枪卖给另一个同学。另一同学想以此谋福利，但是，大家的新鲜感一过，稀奇程度就断崖式下跌了，到后来，只要给他三根火柴，他也愿意给你打一枪了，同原来的送一盒火柴给你打两枪相比，后者简直是讹诈。

两个星期后，同样的链条枪就有好几支出现了。一多，就不稀奇了。

再后来，一个同学得意忘形，竟然上课玩枪，被老师发现后当场没收。因为心痛，家长来讨了回去。为此，同学还写了检讨书。他将自己玩枪的目的，说成是为了早日使台湾回归，拯救处于水深火热之中的同胞。老师说，不够深刻。重写成：因为贪玩，上课打链条枪，心里虽然想着支援越南打美帝，但影响了大家听课。

老师说，写得不错。

捉蜜蜂

能飞的动物，大的是鸟。仰头看天空，麻雀、喜鹊、乌鸦常常会一掠而过。秋天的时候，会有大雁从天空缓慢地飞过，队形齐整，给人一种庄严和神圣的感觉，仰头看天，脖子一时弯不下来，竟然生出希望加入其中的感觉。它们飞得很高，排成人字或一字，半天才消失。我们一边看，一边讨论用什么东西才能将它们打下来吃了。

鸡也会飞。但只有被狗追着，或者偷吃了东西，被主人追着打的时候才会飞。

其他会飞的动物就比较少，而平时叫不出名字的小飞虫很多。讨厌的苍蝇、蚊子、牛虻，夏天特别活跃。夏天让人高兴的会飞的动物是沙织巾，学名蝉，也叫知了。它有好几个品种，溪岸树上的大，桑树林中的小，我们常去捉。

秋天的时候，去沙地捉“游走”，它学名叫蟋蟀，也叫促织，叫起来的声音比沙织巾有艺术性，蝉鸣如李逵弄大斧，促织唱曲如林冲耍花枪。在宋代，同乡宰相贾似道还为这个小精灵写过一本《促织经》，游戏之举，居然成了世界上最早的昆虫学著作。

春天的日子相对单调。春风来了，百花盛开，小孩子不解风月，只感觉各种颜色的花开得多，上面都有蜂在飞。捉蜂，是我们最大的乐趣。

花很多。豇豆的小白花，茄子的紫色花，蒲瓜的淡色花，不会有一天间断。农村里，凡是人工培育的花，都是为了吃。没有无效劳动。相比较而言，我们更喜欢南瓜的花，一是它很大，比我们的手还要大；二是它容易得到，村前屋后，有空地的地方，人们都种了南瓜。它的藤蔓长得到处都是，一开起花来，如黄色的火焰，到处燃烧。最关键的是，它为我们捉各种飞虫提供了方便。南瓜花长得如高脚的酒杯，花瓣五角形，五个尖角向四周张开。它的内蕊长在杯子的底部，空间很大，常会有蜜蜂、苍蝇、蚂蚁同时进去喝蜜，只要将上端的花瓣捏拢，就可全部擒获。

杯底的柄很长，有点带毛刺，容易折断。

捉到的蜜蜂最好看。它比苍蝇、蚂蚁好看，黄澄澄的，有黑色的花纹，又有嗡嗡嗡的声音。只是不要被它蜇了，蜇着了，会很痛。

我被蜇过好几次，又痛又肿，但过半天也就没事了。好了之后照样去捉蜂，捉到了就把它关进玻璃瓶。

如果炼狱里对所有的杀生者都要进行处罚，希望对农家的孩子颁一道赦免令。

钓黄鳝

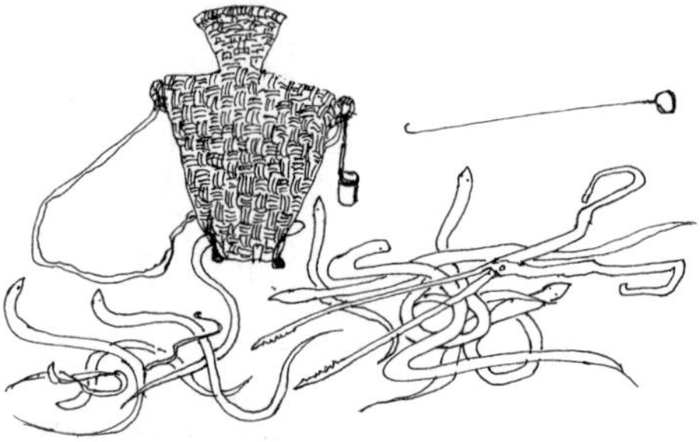

从六七岁到十七岁，我钓黄鳝的历史至少有十年。

那时稻田里、水沟里、池塘里，黄鳝很多，大的有两三斤重，小的则如筷子般大小。每次出门，都有收获，多时二三十条，少的，也有五六条。

钓黄鳝的工具十分简单：找一根一尺半左右的细钢丝，一头结成一个环，大小可放两个指头，另一头在磨石上磨尖，再将它弯曲成钩。放黄鳝的竹篓，应口小肚大，中空的盖子最好有倒刺。一节三四寸长的竹筒，上端穿一根细绳，挂在竹篓上，竹筒里面放上当诱饵的蚯蚓，盖上土，让蚯蚓以为仍然住在自己家里。

出发。

田埂的水边泥土里若有新鲜的圆洞，十有八九有黄鳝在内歇息。这时，尽量静悄悄地将蚯蚓捉出，穿在钓钩上，右手将钩尖上的蚯蚓伸到水洞边，前后移动，左手则用食指弹水面，发出扑扑扑的声音，吸引洞内动物的注意。黄鳝钓多了，看一眼泥洞，即可判断出其中有无猎物。

不过十来秒，一个尖锥形的黄鳝头先从洞口探出一点点，并不试着咬钩，而是只看一下就缩回去。这时候要继续耐心地用蚯蚓引诱，继续用左手弹水，并将钓钩伸到洞中更深处，马上就会感觉，它咬上了，在拼命往里面拉。这时候，要平心静气，右手慢慢使力，往外拉钩，左手则不要弹水，而是伸出中指，另四指握拳，形成钳形之状，向洞口移动。待右手用力一拉之时，左手的中指钳迅速将黄鳝的七寸钳住，不管它如何挣扎，都要将它的头拉向竹篓，在它松口之际，推入篓中，再放开左手。有的黄鳝比较凶悍，则需左右手同时将它扣入篓中。

这个动作，要一气呵成。凡是钓上而跑掉的，都是在这几秒钟内。

黄鳝的肉质粗糙，并不好吃，钓来后，除了大的红烧之外，其他的，都是喂鸡鸭。

另一种捉黄鳝的工具是鳗剪，即是前端有尖齿的长柄铁钳子，但是钓黄鳝的时候，我们嫌它重，还是用自己的手指钳更轻松。晚上用手电筒去照黄鳝时，则要用鳗剪。夏天晚上的田边水畔，常有黄鳝从洞里探头乘凉，只要用手电筒照住，迅速将鳗剪插下夹住，成功率也是很高的。

抲鱼

小时候，鄙视坐在水边如雕像般不动而垂线钓鱼的人，认为那是骗子的行当，以饵料诱骗鱼儿们上钩。我们把捉鱼叫抲鱼，都是明火执仗、大张旗鼓地进行，如梁山好汉一般。

抲鱼四季都可以，以前三季为多。冬天捕鱼是水库的事，轮不到我们这些小孩。

抲鱼的办法十分原始。基本有三：一是竭泽而渔。某一水洼有鱼时，就用盆子或瓦片将水戽燥，再一一将鱼捉拿入笼。这只适合于水体不大的水洼，或者是秋季的水田。水不多时，特别适合捉泥鳅。二是用药饵。这种方法主要适用于夏天。看到某一水塘或水沟有鱼，如果戽燥水，工程太浩大，但一起的小伙伴很多，那就好办：大家分工协作，一部分人用石块、泥块或水草将水分成几段，一部分人去边上采集辣蓼，用石块将其捣烂，最好有汁，然后将捣烂的辣蓼和汁撒到水里，不断地搅水。不久，即有鱼开始浮上来，小鱼则直接翻了白

肚。这时，要赶紧抓，因为药效不长，过段时间，鱼儿适应了，就捉不住了。三是用竹拗。竹拗用竹片编成，卷起如帘。几场春雨之后，如果有大雨降临，则是出门布拗的好时机。只是此时天降大雨，只能戴笠帽披蓑衣出门。找一个合适的水沟，将带来的竹拗拦水斜放，底部压上石头，上面横支木棍，将春水过滤，拗面上便只留下乱蹦乱跳的鱼，这时要赶快把它们捉拿入笼。半天下来，总能得到十几斤鱼。小鱼小泥鳅如果不多，则喂了鸡鸭。如果多，则会晒干留用。鲜鱼都只吃大的。

有一种四角形的网状拗罾，需要成年人才能操作，我一直没有用过。

现在的农村，山塘基本上被填平了，原来纵横交错、乱石砌成的水沟，全部被三面光的水泥排水沟替代，沟底没有了水草，沟壁没有了缝隙，鱼虾没有了生存的空间，除了养殖的鱼塘，田野里几乎看不到泥鳅、黄鳝、鲫鱼了。

放牛

我放过三四年的牛。

生产队里的母牛生了小牛，需要有人养。让成年劳动力养不合算，让有小孩的家庭养则最好。有小孩的家庭都想争这份差事，以增加工分。怎么办？抓阄。这是农村里经常采用的大家都认可的办法。我家幸运地得到了。

小牛不用干活，干活要两岁以后，此前只要牵着它出去喝水、给它吃草就行。能够干活后，就在早上、中午给它喂食，让它上午下午去干活，但这样的时候不多。除了双抢的时候，平时牛并不需要天天出勤。不去干活，一般就把它关在牛栏里吃草。每天下午放学后，我就会牵着牛出去，到有青草和水塘的地方，先让水牛浸在水塘里洗澡，再让它去吃草。

小牛很听话，也能理解人的意思。以前水塘很多，宽敞的水沟很多，长满各类杂草的荒草地很多，田埂也比现在用水泥浇筑的宽，到处都有牛可以吃草的地方。牵牛无非是别让它偷吃庄稼。稻谷、玉米、青菜、豆荚、南瓜、小麦，凡是人的食物，牛都喜爱。一不留神，它就一歪头，伸出长长的舌头，如镰刀一般，将稻谷或玉米叶揽入口中。以后学到成语“迅雷不及掩耳”，我立即就用到小牛偷吃庄稼上。小牛偷吃，也是向人学的。我们小时候，谁敢说自己没有偷吃过东西？

放牛并不孤单，同样放牛的小孩还有好几个，各个生产队都有牛，都需要人放。一般是先各自在田埂、水坑边、坟头吃草，吃得差不多了，大家便会集到一处面积大一点的远离庄稼的草地上，让牛自由地行走。孩子们在一起玩，牛与牛也叙友情。它们碰头、擦脖、对尾，表达彼此间的信任。我们牧童拉尿的时候，都只拉给自己的牛吃，直接浇到它的嘴巴上。它非常高兴。牛笑起来，比人好看。

如果带了书，也可以在这时候看。牛吃饱了，很安静，不会乱跑。我们则找野果、寻螳螂、斗蟋蟀，或者看云朵、看山峦，都比看书有趣。

天暗下来了，我们也就跟着牛回家。送牛进栏时，它都会用头来蹭你，表示亲昵。牛眼很大，很温柔。

当年放牛的邻村同学中，有一个后来成了中科院分子遗传学博士，现在还是国家生物科学领域的顶尖人物呢。

煨黄豆

以前江南的冬天，远比现在冷。每年都要下雪。有时候，积雪都能滚雪球。

老年人往往坐在朝阳的廊下晒太阳、吸烟。小孩子衣衫单薄，更加闲不住，总是不停地闹，以增加热能。他们嘴唇上拖着一根或两根鼻涕，手里拿着铜的或者竹壳包黄泥胎的火笼，口袋里放着一把从家里讨来或偷来的黄豆，将黄豆小心地放在炭火上，用灰盖上，然后大声吆喝着去找朋友玩。黄豆的香味早就吸引了一堆小朋友，然后一人一颗地分享。美味的东西总容易消失。半小时不到，一把黄豆就被吃光了，引出的口水，远比黄豆多。参与吃食的人，都会跑回家偷一把黄豆来，继续接力赛一般地参与到煨豆的行列。

那时节，尽管供销社里也有炒货在卖，但是，农家对此似乎没有一点热情。那要花钱。冬天或过年吃的瓜子，都是自己生产的，主要是南瓜子、向日葵籽、花生。南瓜农家都种，只要留几个老南瓜，到晚秋时收获，即可剖瓜取籽。老南瓜颜色金黄，皮如蛤蟆，重的可达二三十斤，特别粉，特别甜，肉比瓜子好吃。种向日葵的人家比较少。因为不管种在哪里，没有成熟时就被孩子们偷吃光了，只垂下一个空空的大葵盘，伶仃地站在秋风里，比它的主人还要伤心。买花生的更少，因为它很贵，如果不办喜事，一般人家是不会买它的。离村子不远的九遮山，有一棵巨大的香榧树，是晋代的，有一千六百年树龄了，还年年结果，果子颗粒特别大，炒起来特别香，每年出两百多斤，非常稀罕，不一定每年都能吃到。相对而言，黄豆更易得，更疗饥，更亲民，当然最好。

比煨更文雅的，则是炒黄豆。用清凉油或百雀羚（护肤品）的铁盒子作锅，放在火笼的炭火上，再折两根木棍作铲子，就可以炒黄豆了。煨黄豆容易爆炸，溅起灰。炒黄豆则受热均匀，变成焦黄之时，芳香四溢，更能引出旁观者长长的涎水。

吃炒黄豆，是孩子的特权。如果这时有大人涎脸来讨，可以理直气壮地怒目相对：不给！对方只能讪讪地笑。

这个时候，如果遇到老师了，孩子们来不及跑掉，就会恭敬地叫一声“老师好！”然后忍痛地孝敬老师两颗。只是老师都客气地笑道：“不吃！”然后咽一口口水。

醉酒

父亲不喝酒，母亲能喝，但一年里也仅春节时喝一点。祖母也不喝酒。她一直教导我，小孩不能喝酒，喝酒会喝坏大脑，影响读书。在她的眼里，凡是对读书不利的，都不是好事。

关于醉酒，祖母讲过很多故事。

民国时期，到处都在抓壮丁去当兵，有兄弟两人以上的，必须两丁抽一或三丁抽一。祖父没有兄弟，只需付壮丁费。有一家是两兄弟，本来一直在逃，没有被抓住过，直到有一次，兄弟俩在一个亲戚家喝喜酒，被当局发现了，派人来抓。以他们的手脚，肯定能逃过乡警。但当时兄弟俩都喝了酒，没跑多远，便被捉住了一个。出去当兵后，就再也没有回来。

我第一次喝酒，是表叔结婚时，我早几天就去了，天天有好东西吃，十分兴奋。到了婚宴这一天，来了许多认识或不认识的亲戚，祖母让我一一称呼。反正她让我叫什么，我就叫什么，也不用去理解其中的意思。

晚上的时候，大部分亲戚回家了，留下的一些亲戚，都是关系特别近的，在一起继续吃饭、喝酒。我的表叔，辈分比我高，年龄比我小，他能够喝几口。看到我不喝，他们都起哄，想方设法要我喝。我坚决听从祖母的教导，百计不为所动。对小表叔的劝导，我以长辈晚辈不能相提并论顶回去。后来，姑丈出马，姑丈说：让我劝，肯定成。

姑丈坐在我身边，根本不说喝酒的事，只是向大家一个劲地表扬我，什么读书好，懂礼貌，能背诗，记性好，有出息，等等，说得我心花怒放，根本忘了喝酒一事。然后说到，喝酒确实不好，对于我这样的小孩子，能不喝尽量不喝，只有特别厉害的人，才会不怕喝酒。世上千百万人都在喝，那些伟大的人物也都喝酒，远的如孙悟空、张飞、岳飞，近的如公社书记、村里的书记也喝。

到后来，不是姑丈劝我喝酒，而是我要喝酒了。

最后，在我的强烈要求下，姑丈给我倒了一碗酒，大约有半斤。我豪气干云地全都喝下去了。直到第二天中午才醒来。

只要说好话，人人听得进。

姑丈水平高，后来成了企业家。

三碗不過岡

游泳

生长于江南农村的男孩子，几乎都会游泳。山塘、水库、河港、溪流、大海，为孩子们的戏水，提供了各种舞台。到夏天，小孩子被水淹死的消息，也时有所闻。那时信息的传播没有现在这么发达，对这种事，也没有现在这样重视，水库山塘和溪流河港，从没有人去刷“禁止游泳”“珍惜生命，注意安全”之类的大红标语。当时的油漆也远比现在贵。

大队里买了几罐红漆写各种标语，还被出身好的社员骂为败家子。队长只好解释，这是上级要求，没有办法。说过后，又担心这句话被他传出去，就让他将家里的方箩拿来，用红漆号上姓名，以堵他的嘴。红漆号上的字，远比墨汁写上的牢固美观。

下水游泳，是男人的专利。女人无论怎么热，都不会到露天的水里去洗澡和游泳。看到男人光腚在游泳或戏水，女人往往会绕道而避之。当然，也有手握竹梢直奔而来的。那肯定是哪家的母亲来捉拿自家的妖怪了。

这时候，一众游泳者都会没入水中，只露一个脑袋，笑着看那个焦急的母亲在岸上跳着脚骂。最后，认输的母亲只得丢下一句硬话：“你等着，回家给你啜死柴（打一顿之意）！”然后一路嚷嚷着回去。机灵的就会等他母亲转身之际，立即起身上岸，比他母亲更早跑回家，还笑嘻嘻在门口迎接盛怒的老妈，赌咒发誓自己一直在家，刚才肯定不是自己。邻居很多在家的孩子甚至大人，也会纷纷跑出来作证，说刚才他们一直在一起。

母亲们的老花眼，就是从这时候开始的。

我同水绝缘，是因为我小时候掉进过深塘里，差点淹死，幸亏被同村人捞了起来。从此，父母和祖母就永远剥夺了我游泳的权利。只是那次溺水的经历，我一点记忆都没有。

儿子上小学时，我让他学游泳。他不愿意。我说，我如果掉下水，需要你来救，你要会游泳才能救我。他马上高高兴兴地去了。

野果

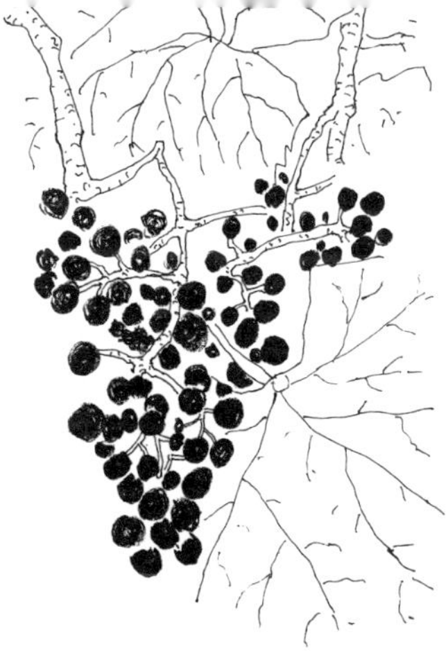

农家的孩子，向无零食之说。三餐之外，家里一般不会提供别的东西填肚子。小孩子的肚子，永远如《西游记》里地涌夫人住的无底洞。好在天地广阔，田野和山林里可以充饥的食物不少，大可解馋。

根据我们教科书的说法，人的生存，先从采食野果开始，进而渔猎，进而农耕，再进而工业、电子、信息。但我们大部分人的胃，似乎更喜欢肉食。最直观的印象是，非洲大草原上，最强健的动物都是食肉的。食草而强健者，必须以庞大的体形支持方能实现。中国城乡差别，在男女身高上都有三厘米的差距，可能便是肉食的多寡所致。

春夏时节，百草疯长，田间有不少野草的花、茎可食。有一种草，叫翻白草，清明时节很多，叶子细碎，很不起眼。扒开浮土，将它轻轻拔起，其根茎长可达两三寸，状如人参，非常可爱。剥开它厚厚的皮，白色的柱状物水灵灵地让人眼馋，咬一口，鲜甜美味直奔舌根。更加让人惊喜的是，凡是有一棵的地方，往往都有一丛，可以同时解两三个伙伴的馋虫。最不济，开满山坡的柴爿花（映山红），它的花也是可以吃的，一个个吃得唇齿血红，状如恶鬼。

土名叫葛公，学名叫覆盆子的果实，最让人心动。它红如烈焰，真正是万绿丛中数点红，在田野里非常醒目。坐在教室里，被老师提问时，常说黑板上的字看不清的同学，找野果时视力却很好，他们一个个都是炼丹炉里跳出来的孙悟空，火眼金睛，在两三百米外就能发现野果，而且跑得比黑狗都快。

秋天时野果最丰富，浆果、坚果都有。猕猴桃、野毛栗、山毛楂、野柿子，都分布在不远的地方，只要肯花点力气去山里，总会有惊喜。

那时候乱吃东西，也没有消毒一说，饥饿的胃就是最好的消毒池，什么东西一到了我们的胃里，都会消失得无影无踪。只是吃饱之后，回家的路变得漫长了。肚子沉甸甸的，走不快了。

猪油渣

我家在马路边，到集市不过几百米路，是祖母娘家邻居们落市的必经之地。落市，也叫赶市，指去每五天一次的集市。有事没事赶赶市，也是平淡生活的一种调剂。祖母人缘好，她娘家的小山村里，凡是走二十里路来落市的人，一般会早早赶到集市，卖了柴木或其他东西，或采购了必需品后，于中午时分返回，回家前他们几乎都会到我家吃中饭。因此，凡是市日的中午，家里总会烧一大锅的米饭，烧几大盆菜，让客人随到随吃，吃完回去。为了保证客人有得吃，我们小孩子们被要求迟点吃饭。

这一天市日，照样来了很多客人。其中一个客人拉了一手拉车的柴，在集市里卖了钱，再到我家吃饭。他将空着的手拉车放到我家的道地里，客气地同我打招呼，并且送给我一把喷香而松脆的猪油渣。我大喜，马上吃了一颗，太香了。开始时想放起来慢慢享用，但吃了一颗之后，根本刹不住嘴巴，没几秒钟，就将手中的宝贝全部咽进肚里。人不吃东西还好，吃了一点东西之后，感觉更饿。家里有很多客人，我不能进去。于是，就在道地里转。这时候，鼻子如狗一样，闻到一股香味——是猪油渣的香味。循着香气找过去，发现刚才给我礼物的客人的空车上，车把下面还捆着一个鼓鼓的小布袋，香味就是从布袋里发出的。一捏，里面有差不多一斤的猪油渣。原来他还放着这么多。我内心斗争得厉害，“不能偷东西。偷一颗？不能偷！吃一颗吧？”终于，我忍不住偷了一颗吃了。走远点，又回来，又偷了一颗。又跑远点，又回来偷了一颗。等到那个客人出来时，我已将他布袋里的猪油渣偷吃了一半。心里害怕，也不敢回家吃中饭。

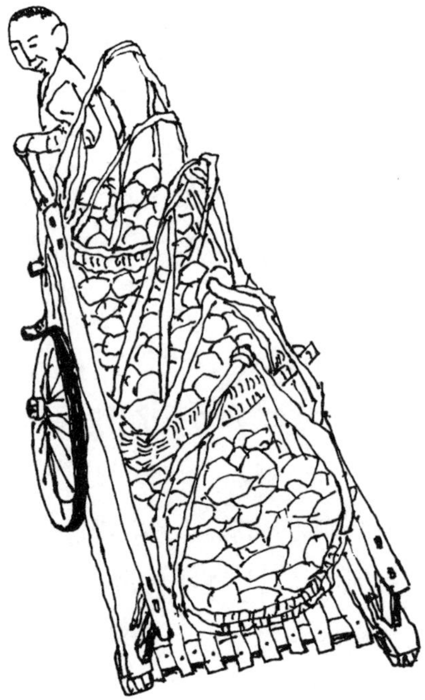

这天下午，我又害怕又内疚。想到他家的小孩，可能盼着爸爸给他带礼物回来，结果，却被我偷吃了一半。

后来，客人也没向我父亲告状。五十多年过去了，至今想起此事，我依然内疚万分。

妻子有次问我，你认为什么东西最好吃？我没答。事实上，我心里想的，就是猪油渣。

抄经

从我记事起，哥哥就一直在临帖。这在农村是十分罕见的。他之所以能一直临帖，是因为祖母坚定地认为，读书才是天下第一大事。他是长孙，能写出客字（出客，拿得出手之意），是他的神圣使命。而父亲有工资，能承担这样的开销。

哥哥临的是柳公权字帖，黑的底，白的字，十分粗大，同我们看到的书上的字都不一样。我疑惑，古人为什么要写在黑的纸上，同老师写黑板一样？

除了白天写，哥哥晚上也要写。晚上写字时，要专门点上明亮的美孚灯。这种灯，是20世纪同美国的美孚石油一起进入东南沿海的，当时美孚公司为了打广告，给中国人送了十万盏灯，故名“美孚灯”。这是玻璃做的高脚灯，造型优美，上用灯罩。因为煤油质量不好，烟大，要常擦灯罩。灯罩一扑，室内非常明亮。灯罩很薄，一年总要被打碎好几个。哥哥在灯下临帖，我在边上装模作样地看书，母亲和祖母在边上一边做针线，一边看我们。

临了柳公权以后，哥哥又去临颜真卿。字写得更大了，费的纸也更多，就找旧报纸。写字时，尽量避开大人物的头像。

后来，父亲借来一张中堂挂轴，上面是颜体的《朱柏庐先生治家格言》，即朱子家训。挂在家里有半年，以致不经意间，我也会从头到脚一字不差地把它背下来了。

“黎明即起，洒扫庭除，要内外整洁。既昏便息，关锁门户，必亲自检点。一粥一饭，当思来处不易；半丝半缕，恒念物力维艰……”尽管当时会背，但到很多年以后才明白其中的意思。

每年春节前后，哥哥风头最劲。家里的对联是他写的，邻居的对联，也是他写的。村里懂字的老先生说，后生可畏。红红的对联贴上后，常常赢得喝彩。哥哥看对联，父亲看哥哥，大家都得意自己的作品。

村东焦山庵的和尚，通过他的尼姑老婆，央托祖母让哥哥替他们用小楷抄经，祖母信佛，非常高兴。于是哥哥又多了一项神圣的工作。和尚为此常送煤油。祖母认为，此是功德，绝不可收。和尚说，不收就不让抄。最后减半收。抄经时，要先洗手，不能高声，更不能让外人看到。一抄就是好几年。

因为这些童子功，哥哥退休后，作为老干部书法协会的成员，出去活动，很受欢迎。他的榜书，随时能让人们止住喧哗。

读书

我们村是大村，有完整的小学：一年级到五年级都有。一二三年级都是本村的孩子，四年级时，就有邻近村的同学加入。前三年是复式教学：一二三年级都在同一个教室里，只有一个老师上课。在我们村，老师地位最高。村干部次之。

我上学时是春季，七周岁不到，班里有三十个同学，年龄从七岁到十二岁不等。四年级时，增加了两个相邻小村的十多个同学，就有了四十多人。之所以要读书，是生产队里不让小孩劳动，在家无事可干，又要到处造孽滋事，让家长提心吊胆，关在学校里最省心。

读到小学毕业时，已有好几个同学中途退出了。一个女同学在五年级时嫁了人，她那年十六岁，人比一般女同学高大。她平时沉默不语，不喜欢读书。

一个本村女同学也不愿意读书，小学未毕业，就坚决不来了。当时，村里又办了初中，只要愿意，我们都可以直接升学。

小学毕业后，如果参加生产队的劳动，可以评工分。所以这时候弃学的就有四分之一。

农民的出路，当时只有当兵、进工厂、做手艺。前两者需要有脚力的人家才行，一般人不敢想。做手艺容易实施，只要小孩身体健康，肯吃苦，一般都能找到师傅。男的手艺相对多一些，有木匠、泥水匠、油漆匠等，女的相对单一，只有学裁缝和绣花。

小学初中的同学里，叶良卫在初中毕业后就去外地做木匠，是村里较早成为万元户的人。他后来改行，自学室内设计，一直在山西从事酒店宾馆装潢，一年忙到头。

只是老一辈的人，非常顽固地相信，万般皆下品，唯有读书高。督促孩子读书的，往往是从上个朝代下来的祖辈。他们常在闲聊中以戏文里的故事来说事，什么落难公子中状元，什么千金小姐私会俏公子，都是因为他读书好，有前途，所以皇帝喜欢，小姐也喜欢。当时教科书上常有的民间故事，如田螺姑娘之类，老人们都嗤之以鼻，认为都是瞎编的。清代乡贤齐召南因文字狱而吓死的事，他们都避而不提。他们说，哪个朝代都要读书的，不识字，怎么当官？写封信都要求别人的人，能办成什么事。村风也以孩子读书好为荣，同时势并不相符。

校长胡老师却说，村风蛮好。

状元及第

去县城

县城离家五十华里，车票贵，平时很少有人去。上小学时，我去过两次县城，在同学里，这算是见过大世面的。

第一次去是二年级。一段时间里，我面黄肌瘦，精神不振。到公社卫生院看了，说不出所以然。祖母求佛祖保佑，佛祖要管全世界的事，比较忙，一时半会儿也没来过问。父亲很焦急，认为县医院的医生更好，决定带我去城里看病。这样的重视程度，是少见的。

县城里什么都新奇，人那么多，楼那么高，街道那么宽，人声那么喧哗。医院里，有一股刺鼻的酒精味。检查了一通，医生说是黄疸肝炎，没什么大问题，给我开了一些药。当天住在城里的旅馆里。我第一次知道，除了自家和亲戚家，还有个地方，不但可以住，而且更好。

次日上午，父亲带我去看国清寺。当时的国清寺，并没有修复，也没有对外开放。县丝厂建在寺院边上，

一个同村人在厂里上班。由她带领，我们从边门进去，看了破破烂烂的寺院，里面的佛像都已被毁，还特地去看了那棵著名的隋梅，它没有一片树叶，似已枯死。只记得寺院里面和外面的树非常古老，非常高大，浓荫遮蔽，抬头看不见阳光。下午坐车回家，父亲心情大好，我也非常精神。

第二次进县城，是四年级的时候，我陪父亲送叔叔回部队。父亲与叔叔并无血缘关系，叔叔是下王村人，出生后，生母因病无乳汁，而我祖母当时生的男孩夭折了，于是就当了叔叔的乳母，叔叔以后就长住赵宅，村里人见了他，都叫他下王细佬。叔叔当兵数年，回乡探亲后，父亲送他到县城，是为了第二天凌晨送他去坐杭州的长途客车。第二次去，我的新奇感已大不如前，也因为读过一些书了，更想去书店看看。父亲说可以给我买一本书，我最后选了一本连环画《孙悟空三打白骨精》，里面的画我非常喜欢。

这本赵宏本画的连环画，我临了很多幅。最普通的线条，居然会有如此的神采，让我非常着迷。可惜这本书，在我手里不到两个月，就被同学不断地借去传阅，后来不知所踪。连环画的结局，基本上都如此。

前几年，我在一家书店里，又看到了这本连环画作品，只是开本更大，而且是硬面的精装本，我大喜过望，马上买了两本：一本为现在，另一本为过往。

孔老二

我的小学与初中，都在本村上。那时候，开会很多。除了学校本身的开学结束典礼、忆苦思甜等大会以外，大队或区里、公社里的大会，学生也常常要集体参加。当时，村都称生产大队，下分小队。其实，对会议的内容，我们也弄不大清楚，让学生去，是为了壮大声势。只有学生会听从指挥，一排排坐好，不像社员群众，没文化，没觉悟，三三两两，上面开大会，下面开小会，领导在上面声嘶力竭地说话，下面如风过耳，贫下中农并不当一回事。如果开会没有工分，估计到会的人没有十分之一。

大队的会议，其实都在学校开，如果白天开，学校也无法上课。早先学校建在何姓的祠堂里，开会都在此。后来，为了办高中，上面拨了款，村里出了地，在祠堂东侧建了两排相对的两层楼校舍，用的是木楼板，各有教室六七间，中间是一个广场，于是村里大会就放在广场里开，也属学校的范围内。如果下雨，则放在一间大教室，站立可容一两百人，坐则只能容五六十人，无法开大会。二楼的两间教室是打通的，倒是可以。只是隔壁村一次开大会时，二楼挤满了人，一拥挤摇晃，竟然将二楼木楼板压塌，发生伤亡事件，以后各村开大会，二楼就成了禁忌。

当年的小学生，在批斗一事上，也不能免俗。虽然喊打倒这个打倒那个，但其实打倒的人，我们一个都不认识。作为班长，我常常被老师要求上台发言，批这批那，稿子都是在老师的指导下抄报纸上的。有一次上台发言，读到一个我不认识的字，习惯之下我居然停下问老师。

印象最深的是全校的批斗会，批斗并打倒林彪和孔老二。老师在安排了各个班级的代表发言后，时间比预定的要早，于是，老师就在会上说，如有疑问，可以提出。有同学举手：为什么要叫他孔老二？他的老婆是第二次嫁给他吗？他上面是哥哥还是姐姐？

老师一时语塞，只好应急说："这个同学很会思考，不懂就问，值得表扬，但我也不知道答案，待我去查了以后告诉你。散会！"

敝家乡的习俗，女人的第二任丈夫叫老义，家里的第二个孩子叫老二。义和二，在本地发音都是义。其他的意思，倒是没有。

破旧俗

上初中时，有一年上面号召“宁要社会主义的草，不要资本主义的苗”，大张旗鼓地开展清苗行动。我记得有三件。

第一件是公社对家中养鸡鸭的只数作了明确规定，对非自留地种的庄稼全部要清除。对前面的一条，村里执行起来不大严格，因为广播响过之后，大家马上将超出限额的鸡鸭关进笼子藏起来，干部来检查，也发现不了。但是，自留地以外种的豆、瓜、菜，全在光天化日之下，无处可藏，只能由干部们带领民兵们去铲除。实际上，这些荒地，本来也不是集体开垦的，一直由勤劳者私下种点东西，几乎家家户户都有，多多少少都会有点收获。如此铲除，伤天害理，不得人心，许多家庭成分好的老人就破口大骂。成分不好的人，则一声也不吭。

第二件是将全县的集市日统一。本来，全县各区公社的集市日不统一，以全县范围而言，是日日市，即每一天，总有一个乡镇有集市，故有商家天天赶六市之说，我家所在的街头集镇是农历逢二逢七市日，城关则是逢五逢十。清苗行动中，全县统一为逢五逢十。

第三件是不准春节走亲戚时送礼。春节时走亲戚，并相互送礼，是千年习俗。为了提倡过革命化的春节，规定只能空手走访，不能带任何礼物。所有村边大小路口，都有人把守。干部人手不够，就让我们所有初中生来滥竽充数，充当剪径的李鬼，拦下送礼的篮子，放过行人。许多人遇到如此情况，如避瘟神一般，立马回去了。有的人，则留下东西，空手走亲戚，回来再取走东西。事实上，我们只在白天拦截，晚上并无人设卡。

父亲是党员、村干部，还被要求统一在除夕这一天去义务劳动，寒风中到溪滩下水挖沟，以示过一个革命化的春节。

这种事只存在了很短的时间，最后不了了之。

一次同“90后”讲起此事，他瞪大眼睛问：你是胡编的吧？怎么会呢？

知青

知青，即知识青年。以当时农村的标准，上过初中的人都应该是，但农民子弟即使高中毕业也不算。知青，专指非农业户口的初高中毕业生。20世纪八九十年代，喊“青春无悔”最响、风头最健的作家，大都是知青出身。他们的作品我读过不少，除了王小波和阿城，其他的都没有留下什么印象。

下乡的知青，隔溪的邻村有一群。本来，上山下乡应该是支边（支援边疆）的，能够来本地下乡“镀金”的知青，当然是家里有脚力者。因为他们家有背景，我所见到的听到的知青，以负面新闻居多。听到的消息主要有二，一是他们不喜欢参加农田劳动，大部分时间回城里家中。给人的感觉是好吃懒做，只是来分粮食，但村里人也不敢说他们。二是小村子自他们来之后，发生了好几起活鸡失踪事件，怀疑是知青偷吃，又苦无证据。当然，也可能是黄鼠狼或老鹰干的。总之，大家对他们特别提防，尤其是家有女孩子的人家。那时“村里有个姑娘叫小芳"的歌还没出现，但类似的故事有从外面传来。

本村只有一个女知青，人很漂亮，与莎士比亚戏剧中的一个女主角同名，非常洋气，很受大家欢迎。她母亲是公社干部，村民也熟悉。女知青插队只有一年光景，我们很少看到她。社员说，她来干农活，不如让她坐在田头唱唱歌吧。后来就招工走了。

公社里的各村都有一些知青，他们常常结队在街上走，大家都不敢惹他们。有一次，学校组织我们在公社礼堂看电影，什么片子记不得了，只记得几个男知青们也坐在后面。电影开始后，他们向我们学生扔小石子，老师去制止，他们嬉皮笑脸，坚决不承认。等一会儿，又扔。老师又去制止，他们又否认。其中一个姓黄的，后来好像成了什么现代诗人。

手表

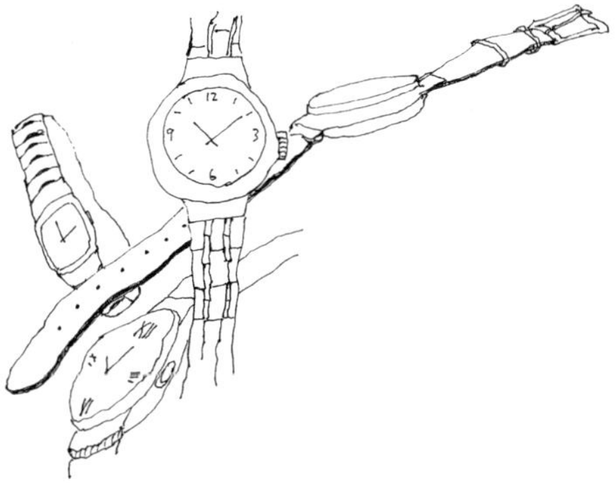

手表在我小时候是稀罕物，只有乡镇干部与少数的公办老师才有。它是先进生产力的代表，也是有身份的象征。

一块手表，一般是五六十块钱，而普通的老师，月工资只有二三十块，这二三十块，还得供养三五口人。上海牌手表最时髦，八十多元，杭州牌次之，六十多元，本地天台产的隋梅牌又次之，四十多元。有钱也不一定能买到，还要有手表票，凭手表票与钞票才能买。

父亲有一块手表，是上海牌的，需要每天上发条。我总是非常积极地帮他上发条，并趁机拿来戴在臂上，显摆得意几分钟。这块手表，常常被人借去当相亲时的道具，以壮声威。

小学的男同学，几乎人人都在自己的左手腕上画过手表。厉害的人，左右手都画。我的罗马数字，是在画手表时自学的。

手表只在县供销社销售。县供销社的柜台有好几排，方正地分散于店的四方，售货员分别管理自己的两个或五六个柜台。有布料柜、文具柜、五金柜、日杂柜、手表钢笔柜等，也有新自行车停在显眼的位置，车把上的积尘盖住了亮光。一块“贵重商品，请勿乱摸”的硬纸牌，挂在座位上。

柜员只负责卖货，不负责收钱，收钱的出纳员一人坐于另一侧，各个柜台将顾客要买的东西填上三联单，用圆珠笔写，复写纸影印着，一联存根，白色；一联给顾客，粉色；一联给货主，浅灰。由顾客拿着粉、灰两张纸，送到出纳员坐着的柜台，出纳收款后，分别在粉色、灰色两张单子上，盖深蓝色的现金收讫圆章，顾客再拿着灰色的单子到货柜取货，完成交易。深蓝色的圆章往往油墨很浓，一时干不了。

有一天在顾客比较多的时候，来了一个衣衫光鲜的中年男子，一看就是有身份的人。他径直走到手表柜台，对售货员说，要买上海牌手表，售货员于是开了三联单，他随即去出纳处排队付款。两分钟后，中年男子拿着盖了蓝色圆章的灰色发票过来，售货员看了一眼，随即将手表给了顾客。

当天下午盘货，发现货款不对，那块上海牌手表只卖了两块钱：原来买手表的中年男子是个骗子，他当天开了买表带和手表的三联票，只付了表带的钱，然后趁收款章墨汁未干之际，将印章印到手表的收款单上。

售货员当场昏倒。

洋夹土

洋夹土是指方言土语与普通话杂在一起的语言。

上学时，同学中没人讲普通话。只有语文老师用普通话讲课，其他的老师，无一不是土话。美丽的语文老师在教满三年后去世了，此后，小学初中阶段就全是方言教学。

用村村通广播传达伟大领袖的声音，是当时的一项政治任务。每家每户的有线广播通了之后，每天三次，都有县广播站的固定节目，除了转播晚上八点整的中央人民广播电台的“各地人民广播电台联播节目”和歌曲外，本地新闻都是方言。普通话的新闻因为与老百姓没什么关系，也不大有人去听，也很少有人去模仿。

早上的播音，从《东方红》开始，晚上以《大海航行靠舵手》结束。晚上结束前，才是老百姓最关心也是最重要的《天气预报》，因为第二天的生产队工作安排，可能会因为天气原因临时变更。如，原来大家按照老经验，看云识天气，认为明天天晴，准备明天去拔黄

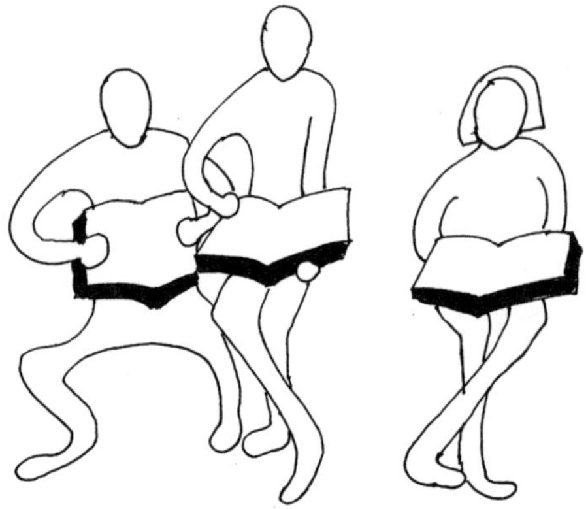

豆。而晚上的广播说，我们这一片地区，会有雷阵雨，那么，明天的生产计划可能就要调整。

如果调整了生产计划又预报不准，大家就会大骂气象台，认为这是一帮骗子。骂的人，仅限于成分好的社员。

村里讲话洋夹土的人不多。能够洋夹土讲话的人，都是有身份的人。一是村干部，他们在开会的时候，必须洋夹土，以显示与众不同。其次是村里的老师，他们洋夹土，因为是知识分子，是先生，理所当然。小学生是未来的希望，可以洋夹土地读课文。其他的人，如果开始用洋夹土说话，则是忘本，要被人骂。

村里的小青年，初中或高中毕业后，经体检合格，准备去当兵。他向亲友告别的时候，就会有意无意地用洋夹土说话了。大家认为，应该。

当了几年兵回家来，要是继续当农民，若再说洋夹土，则是不懂事。刻薄的人会当面回击一个字：呸！

书包

我们上学时，大体是八岁上下。农村的岁数，都是指农历的虚岁，哪怕是除夕出生，到了大年初一也算是两岁，天经地义。

我上小学那一年，是春季班，手生“冬饼”（即冻疮），又痛又痒，令我印象深刻。后来都改成秋季上学了，就有了半年的“过渡班”。这三个字，成了我们这一代人中的一个暗号，年纪差不多的人聚首，如果读过“过渡班”的，就如同一起参加过地下组织般亲切。

小学在本村上，距家里不过几十米，最多几百米，因此从无家长送上学的说法。在当时，外出都要有大队证明，想拐卖一只活鸡都困难，何况是人？书和学费总共七角五分钱。三角五的书费大家都会一次性付了，因为不付书费，发不到书，无书可读，这当然不行。但四角的学费就有四分之一的人无法一次付清，有的拖了一学期。好在不付清，老师也从不赶人。赖文明人的账，都不会有风险。

到供销社买书包的同学，一个班也没有几人。大多数同学的书包，都是姐姐或哥哥的旧物，也都是母亲们手工做的，是用普通的布片缝成的。不同的是袋盖的长短：穷的人家只有两三寸，富的则留半尺。书包上还要再缝上一条带子。布的颜色五花八门，带子也没有两条是一样的。从中也可看出孩子的家庭经济状况、母亲的审美和针线水平。最简便的是用一块新毛巾缝制，装上书后，摸起来特别绵软，还可以当枕头用。只是毛巾比布贵，用毛巾书包的，是村里条件好的人家。

对大部分家长来说，读书是孩子自己的事，农民家长很少逼孩子读书。有的孩子喜欢读书，一听就会，老师告诉家长，“这是读书的料”，家长就喜滋滋的，从此少派孩子干活。读书差的，也没有什么精神负担。放学回家，原来干啥现在还是干啥。

到初中时，大部分人都有了好好差差买来的书包。不是家长突然慷慨了，而是上学的同学少了，能上初中的，都是老师鉴定过的读书的好料了，好马配好草，秀才配书包。而且，读书可以改变命运的说法也多了，家长们觉得，这样的投资，多少有了点回报的希望，那就不妨试试吧。

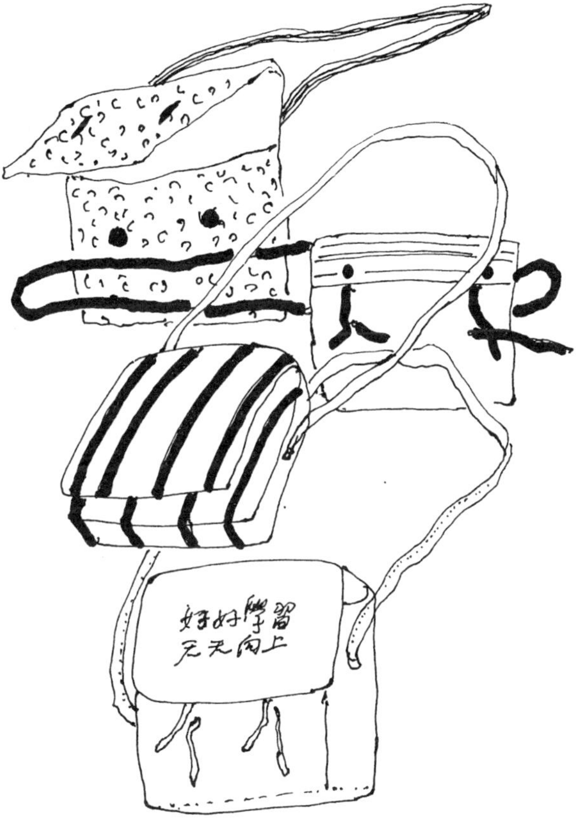
好好學習
天天向上

课本

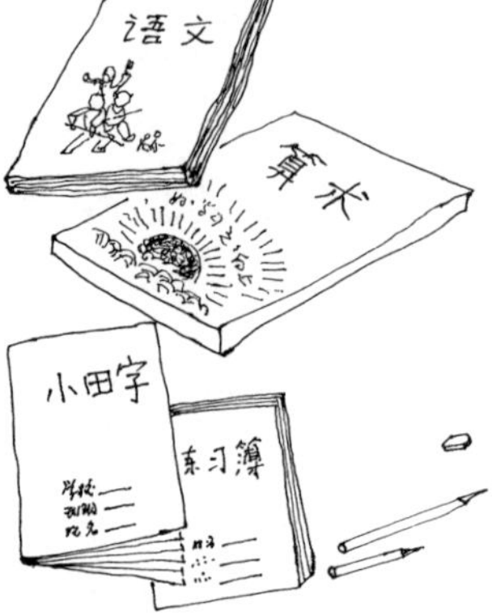

看到现在小学生沉甸甸的书包，我庆幸当年自己上学时的轻松。

我上小学的时候，只有两本书：语文、算术。体育课、音乐课、美术课、劳动课都没有课本。作业簿也只有两本：语文和算术。前者是田字本，后者是横格本，泾渭分明，一目了然。体育课在操场上。麦收、夏收、秋收时节，操场变成了农作物的簟场，跑步、跳高、跳远等做不成了，只能在走廊上做一遍广播体操代替，做过后，老师让大家自由活动。

音乐课实际上就是唱歌课。“哆来咪发唆啦西”都教过之后，开始学唱歌，一般一节课教一首歌，说是唱歌，其实就是比喉咙响。这些歌曲，以现在的标准看，都是百分之百的红歌。只有一首歌比较抒情，但内容也是忆苦思甜的：“天上布满星，月儿亮晶晶。生产队里开大会，诉苦把冤申……”

大家比较喜欢唱的歌，都是旋律简单、斩钉截铁的，如《三大纪律八项注意》《文化大革命就是好》《解放军军歌》。对这些歌，大家一点就会，因为广播喇叭里天天在放，我们早就娴熟于胸。有些女同学更牛，可以把八个样板戏全本唱下来。这是听广播的收获。

劳动课大家最高兴。表面上是跟着老师去劳动，事实上变成了一次游戏。基本上是到学校周边路上拔草，或者平整学校的操场。只是孩子多，劳动量少，没有几分钟就干完了，最后的半小时，就变成了捉蚂蚁、弹石子的游戏，大家特别开心，都希望这样的课天天有。但劳动课一周只有一节，不如体育课、音乐课和图画课，每周都有两节。图画课只画过线条，别的没画，因为没有颜料。

以上这些课，事实上只有两个老师教：除了体育课，另外的所有课程都是同一个老师。体育老师是胡校长，负责全校的所有班级。作业偶尔有，也只有一二十分钟的内容，无非是抄生字几遍之类。算术更简单。音乐课、体育课、图画课从不布置作业。

即使是文盲，来班里也能分辨出大家学习成绩的好坏，最简单的办法，就是检查一下语文和算术课本。成绩的好坏同课本整洁程度成正比。如果课本保存得好好的，成绩肯定好。半学期没到，书已卷成纸团、封面不翼而飞的同学，成绩肯定不好。个别的，还会丢了课本，只好上课时与同桌拼着用。这也给了同桌以索贿的机会。这个贿，大体上是代值日扫地。如果索贿内容是一整块橡皮或一支铅笔，则肯定是震惊全校的“腐败”大案了。

课桌凳

我上学以前，办在村祠堂的小学已经存在了二十年，我们用的课桌与课凳，都已经油光发亮，几近文物。以现在收藏家的眼光来看，这些课桌课凳包浆厚重，是旧物原件，绝非新货。桌面的三八分界线，由于不同时代学生的画与刻，也已沟壑纵横。但是，每一届新同学重新启用时，都会像宣示主权一般，在可怜的桌板上再添新伤。

所有桌凳都是统一的规格，桌是双人桌，凳则是单人凳。单人凳，是方便开会时，学生可以自带坐具。桌面下，有一横格，可以放书包，但是四边缝隙很大，铅笔常常掉落地上。上小学时，我们都用铅笔。削铅笔，或用铅笔卷卷铅笔，成为常态。

有一个同学，为了让其他同学给他抄作业，谎称自己有亲戚在省城小刀厂工作，以口头承诺送小刀的形式取得别人无偿的劳动。结果，被人查出他在说谎，被全班同学冷落了很多天。

课桌凳原先是松木做的，板很厚实，到我们用时，已经看不到本色，变成了灰暗的颜色。偶尔有损坏，家长也会来修补完整。尽管旧，但很耐用，男同学偶尔打斗，会将桌凳飞速移位，用起来得心应手，是很好的道具。

我们村的人厚道，外村学生来我们村读四年级时，都没有要求他们自带课桌凳，按照现在时髦的外交辞令，也显示了大村担当。这也为我们一些同学之间的口角提供了说辞，本村外村两个同学吵嘴时，本村同学说外村同学占了便宜，被校长知道后，在全校大会上狠狠地批了一通。此后，“大村沙文主义”再也没有发生过。

绍兴的鲁迅纪念馆里有鲁迅的课桌，上面刻有一个“早”字，成了文物。事实上，在我们的课桌上，每张上面都有写的、刻的汉字。早、勤、努力和格言、语录等都有。如果你弯下腰看课桌的反面，会发现那里同样写着、刻着、画着各式的图案、头像、文字。凳子的反面也是如此。

只是这些课桌凳，早就不知给哪个灶台当了柴火，变成青烟上天了。

粉笔头

一直觉得粉笔十分神圣。因为那是老师用的。

那时的黑板是用木板做的，再涂上黑漆，有点反光。粉笔很少有浪费，老师都是写到快捏不住时才把它丢掉。下课时，总有同学飞快地跑去捡粉笔头，作为自己放学后在墙上画画的好材料。

小学四年级时，来了一个脾气不大好的老师，他偶尔会将尚有一两厘米的粉笔，掷向上课不专心的同学，却常常掷不准。下课后，这根比较长的粉笔头，就成了被掷同学和抢到同学争执的祸根，彼此都认定，自己拥有此物的所有权。因为没有《物权法》，无法可依，最后，谁的力气大归谁。这也符合丛林法则和进化原理。

一天下来，可捡的粉笔头不过三五颗。

考虑到被老师投掷粉笔的特殊性，和对被掷同学的同情（关键是因为他力气最大），这种粉笔的归属都归于被掷者。

不过，常常掷人的粉笔头，最后还是流落到成绩好的同学那里——他答应在考试时对被掷同学给予关照。

音乐老师为了省粉笔，常常将一首歌的词谱抄在一张大纸上，到不同的班级上课时张挂，这样就不需要再写字。体育老师也不用粉笔，但会用标枪在地上画图。

印象最深的，是一次上算术课，老师说，两点之间，直线最短，并用粉笔画了三角的图形。有一个同学就是不相信。老师很生气，说，这是狗也知道的，你丢一块骨头，狗肯定会沿着直线跑过去抢，而不会跑曲线。这一次，老师没有掷粉笔头。

平时老师上课，都用白粉笔，只有音乐课、图画课时，才会用到彩色粉笔。因为稀少，彩色粉笔头最受哄抢。为了避免事态扩大，最后，关于粉笔头的归属，大体上形成了这样的不成文规矩：谁去擦黑板，这粉笔头就归谁。也算是文明战胜了野蛮。

而在老师看来，班级里争做好事的新气象，是学雷锋运动开展以来形成的好风尚。大家都受到了表扬。

女同桌

小学时，同过桌的同学很多，男女同学都有。其时似乎男女的界限不很分明。下课后，打闹中也会有女同学参加。有一次，大家合伙整一个女同学，好像是往她头上撒稻草，这是冬天大家都会开的玩笑。结果，被女老师发现了，她上纲上线地认为，这是欺侮女同学，因为参与的同学多，法不责众，便将受罚羔羊的重任，落到我的头上，美其名曰：班长没有带好头。

这一节课的罚站，是我学生生涯中唯一的一次，让我感受到两点：女人惹不得，世界不公平。

真正让我感觉到女同学可怕的，是三年级的时候，同桌的女同学买了一支圆珠笔，价格一角三分。她非常宝贝，平时慷慨的她，都不大愿意借给同学写三个以上的字。不久后，她说，圆珠笔不见了。大家帮忙找，没找到。班主任找到我，说，同桌说是你拿的。我大怒，坚决不承认。但是，女同桌一口咬定，圆珠笔被我拿去，是我丢了，一定要我赔。老师支持她，同桌一副不获赔偿誓不罢休的姿势。我只好回家同父亲嚅嚅不安地说明，他没有说什么，给了我一角三分钱，让我交给了老师。我不敢回家同祖母说，她要是知道，肯定要去说理的。在说理上，女人都比男人强。

后来，我坚决不要跟她同桌，老师给我调换了座位。从此，我不再同她说话。

多年以后，别的女同学告诉我，那支宝贝笔她不知丢哪里了，怕家里人责打，才赖到我头上。

我问：她为什么要赖上我？同学答：你是她同桌呀。你也赔得起。

人间诸事，最难讲的字是理。好在初中以后，再也没有与女同学同桌了，类似的麻烦事也就不再有了。

不过，这件事也没有在我心头留下什么女人是祸水之类的阴影。对女人而言，男人同样也是祸山。

借书

农村里的各种斗争，都是上面布置，运动来时一阵风，过后山河依旧，变化不会太大。缓慢，就是它的生活节奏。我开始懂事的时候，“破四旧”运动早已过去。识得几个字后，对凡是文字的东西空前热爱。认得的，大声喊；以为认得的，认半边瞎猜；实在没把握的，问周边的人。半年前的《人民日报》，我也看得津津有味，只为里面有自己认得的一部分字，大部分的意思也不懂。

到三年级的时候，靠连蒙带猜认得的字，大体能读一些书了，亲戚家里只有舅公是读书人，但是他的藏书早些年几经抄没，所剩有限，也已被反复翻烂了。他家里有《三国演义》《红楼梦》《古代寓言》《左传》《孟子》，也属劫后余灰，只有《三国演义》与《古代寓言》有点意思，另几本不好看。《左传》与《孟子》根本看不懂。这些书是繁体字，竖着排，看着吃力。但是比没有要好，因此囫囵吞枣地学会了不少，意思不一定完全明白，大体也能猜出七八分。

祖母看到我到处找书，就去找家庭成分不好的人借。他们的书基本上被烧光了，但也偷偷保留了几本，碍于老邻居的面子，同时得到绝不外传的保证，也借到了一些。读过最有趣的是《笑林广记》，笑痛了肚皮。其中有关男女风月的内容看不懂。如“云雨”二字，不得要领。问过大人一次，得到的回答是：这本书不适合小孩子看。以后就再不敢问，偷偷地琢磨。

相比于《林海雪原》《金光大道》《野火春风斗古城》《暴风骤雨》《三家巷》《红岩》，还是《三侠五义》《说岳全传》《封神演义》更好看。虽然后者的繁体字有点讨人嫌。鲁迅的书，字都能识得，意思却不大懂。现代小说之所以不喜欢，同他们所写的都是西北故事有关。什么炕、馍、高粱、扭秧歌、白羊肚毛巾，同身边的东西一点关系也没有，同看外国书并无两样。

借来的书许多是禁书，因此对方常常会提出短时间内还回去的要求。所有的书，从来没有超过五天，有的只有两天。因为时间上从不拖沓，守信，书也能不断地借。这样也就养成了快速看书的习惯。

到上初中的时候，许多禁书都重印了，借到新书后，终于能看完整的版本。原来的书，常常前不着村，后不着店，只存中间。有时候，还后悔看新书，因为全本完整的内容，根本不如当时看残本时我添加想象后那么好。

四角钱

第一次挣钱是在小学四年级。当时区里开中小学生运动会，让各个村小学选派学生参加。

我们当时的所谓体育课，无非是队列训练，还有就是跑步、跳远、跳高之类，既没有乒乓球课，也没有篮球课。操场有一个，却被挖了两条坑道，是当年与苏联修正主义对抗时，全国动员防原子弹修的。南方雨水多，不久就积满了水，之后变成了垃圾倾倒处。唯一让人想起篮球的，除了图片，就是操场上两根早就没有了篮球板的木柱子，随时提醒着我们，原来曾有一种东西叫篮球。乒乓球则容易看到，一些同学也有。不过，球拍都是土法自制的木板，能刨平整就不错了。球桌也是自制的木板。

为了选拔人才，各个班级进行了比赛。结果，我以全校短跑第一的成绩被选中。到区里比赛的时候，我们这一组是六个人，站在环形跑道上，但是，比的内容却不是一百米，而变成了四百米。我被排在内圈，看上去是最前面。就在大家准备等教练员发指令的时候，忽然来了一个领导模样的人，对教练耳语了几句，于是，教练走过来对我说，你排到最后面去。我尽管非常不情愿，还是服从了，而同我交换位置的，是原来排在最后面的学生，看样子，不是农民子弟。这方面，我们都有直觉，从来没有出过错，心中因此特别不舒服，觉得自己受了不公平对待。所以，发令枪一响，我还没有反应过来，起跑就慢了一拍。最后，只跑了第四名。

原来老师对我抱有期望，以为我的爆发力好，腿长，应当能得前三名。人总能为自己的失败寻找理由。我本想将临时换位的事对老师讲一讲，想想还是算了，一个失败者，找借口，也不一定被人认可。

唯一让我高兴的是，回来后，老师给了我四角钱，说是参加比赛的伙食补贴，是区里发的。当时公办老师的工资，一个月也不过二十几块。而民办老师，连二十块钱也不到。当时供销社里的货架上有几个苹果，标价一斤五角钱。那几个苹果，一直到全是皱纹了，也没有卖出去。

跑一次四百米能得四角钱，我真愿意一天跑到黑。

可惜以后再也没有参加过比赛。

春游

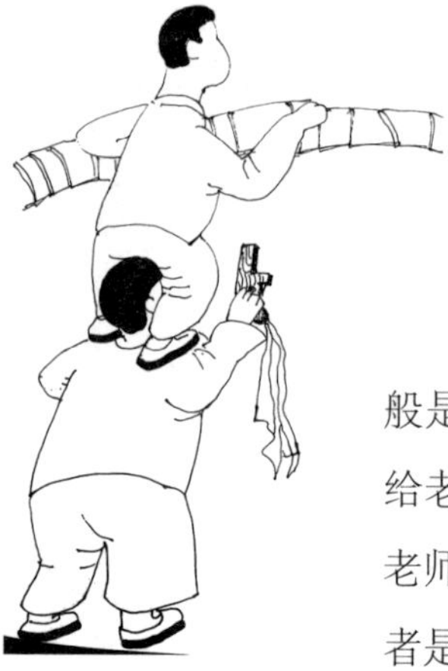

那时作业少。语文作业稍微多一点。背书一般是同学背给组长听，组长背给班长听，班长背给老师听。有时候，则是同桌之间相互背，然后老师抽查一个同学。基本上都是当堂课完成，或者是今天布置，明天检查。

偶尔有课外作业，几乎都是写生字十遍、抄书一遍。四年级后才有作文，作文不作硬性规定，有的同学就只写两三行。如《劳动》："今天参加劳动，爸爸叫我拔草，拔了一篮，回家给猪吃。猪很喜欢。能为社会主义建设做出贡献，我很高兴。"老师表扬说：这篇作文好，关键是最后一句。

春游与秋游都少不了。为了这一天，我们会兴奋很多天。早几天，就会向家长报告，让家长准备外出那一天的午餐，家长知道孩子都是饿煞鬼投的胎，基本上都会准备好够两个人吃的量。

一般春游或秋游的距离，在来回步行二十公里的范围内。一天走这么多的路，农村孩子都没问题。有的孩子嘴馋，早上一出校门就开始吃带来的中餐，还没到目的地就将自己的东西吃光了。等到大家开饭时，只好眼馋。后来，大家都匀出一些，让他也大吃了一顿。

有几个平时学习不好、特别调皮捣蛋的同学，在出游中却表现出高度的爱心，给体弱的同学背东西，给老师当传信兵，跑前跑后，赢得老师和同学们的一致好评。回来后，他们的精神面貌也大为改观。能让人改变的，是尊重与表扬。

春游或秋游回来，照例都要写作文，规定要四百字以上。有的同学为了省心，出去前就写好了。反正主题都是歌颂祖国的大好河山，或者社会主义建设的伟大成就。吃了百家饭的同学，就写自己的贪吃，结果给同学添了麻烦，并深刻检讨自己的资产阶级腐朽反动的世界观，表示要与其坚决斗争。但我们师生都没见过资产阶级。老师说，这样写不好，要歌颂同学们的大公无私、助人为乐的雷锋精神。

其他同学的内容大同小异。有一个同学活学活用，将课本上形容大人物畅游长江时的“红光满面、神采奕奕”八个字，加到老师身上。这不啻是全校最强音。老师非常高兴，说，写得好！生动！

我疑惑了，作文，就是讲大话？

1976年夏天，我小学毕业，同年秋天，上了村里的初中。这一年下半年，中国发生了许多大事件。我的命运也因此发生了变化。

后记

今年四月，为了寻访宋代时祖先的足迹，并补充本书的部分插图，我重返故乡天台，在天台待了两天。准备返回时，一场突如其来的疫情，把我困在村里。

最初的一两天，我还有点不安，几天后，就安下心来，住在祖宅，每天访旧、作画与写作，看窗外父亲当年手植的枇杷，一天天的由青变黄、由生涩而成熟。

村里的核酸检测点，是我上学时的村校旧址。排在长长的队伍中，因为少小离家，不少村民看到我，都是“笑问客从何处来”。

这是我自1981年离开故乡后，与村庄、村民相处最长的一段时间。在熟悉的环境中，我每天与亲友交流，听他们回忆过往，讲自己一生的境遇，或子女的生活。在交谈中，原本沉淀在记忆深处的许多细节，浮出水面。

在老家的三周时间里，我完成了此书的补充插图，居然又写了五十多篇关于故乡的短文。可见“故乡是创作之源”的老话，并不过时。

风物人心皆故乡。故乡不是宏大叙事，而是细微到一棵树、一座山、一湖水、一个人。这些枝枝节节，构成了我记忆中的故乡。费孝通说，乡土社会就是人情社会。本书中写到的不少长辈，如善栋、统天、良八等，都已作古。当年的少年，成了中年人。当年的中年人，成了留守村里的老人，他们的子女，大多离开故乡，在外工作，过上了与父辈完全不同的生活。而当年里石门水库移民的后代，现在是村里的最高领导。

感谢卢益民、徐龙强、陈虹等老友，在我“滞留”老家期间，几次来探访，让我倍感温暖。

感谢张建平先生和黄保才先生，在我右手手术和疗伤期间，给予的种种关心，感谢他们对我创作的大力支持。

感谢妻子王寒，这本书，是在她的提议下完成的，她也是本书的第一读者。

感谢浙江人民出版社叶国斌社长和余慧琴编辑以及所有相关工作人员，感谢他们的辛勤付出。

昨天，老家的朋友来电，说唐代诗僧寒山隐居的山洞前，现在野花正盛，让我去看看。我说，一定去。

2022年6月19日，父亲节，赤龙山下

图书在版编目（CIP）数据

山河故人 / 赵宗彪著. — 杭州 ：浙江人民出版社，2022.8（2022.11重印）
ISBN 978-7-213-10615-6

Ⅰ. ①山… Ⅱ. ①赵… Ⅲ. ①散文集-中国-当代
Ⅳ. ①I267

中国版本图书馆CIP数据核字(2022)第084719号

山河故人

赵宗彪 著

出版发行：浙江人民出版社（杭州市体育场路347号 邮编 310006）
市场部电话：(0571)85061682 85176516
责任编辑：余慧琴
助理编辑：张 伟
营销编辑：陈雯怡 陈芊如
责任校对：陈 春
责任印务：陈 峰
封面设计：毛勇梅 朱珊珊 陈芊如
电脑制版：杭州兴邦电子印务有限公司
印 刷：浙江海虹彩色印务有限公司
开 本：880毫米×1230毫米 1/32 印 张：9.25
字 数：164千字 插 页：6
版 次：2022年8月第1版 印 次：2022年11月第2次印刷
书 号：ISBN 978-7-213-10615-6
定 价：88.00元